お邪魔してます、こたつ犬

尼野ゆたか

富士見L文庫

もくじ

イラスト:ねこまき(ミューズワーク)

第一話　母親とこたつ

十年近く経(た)てば、大抵のことには馴染(なじ)む。そびえる建物の高さ、抑揚の違う言葉、やたらと濃いうどんの味。全ては日常の一コマとして受け止めることができる。

それでも、一つだけ違和感に囚(とら)われる瞬間がある。

「あっ、雪だ！」

雪への反応だ。

「降ってるねえ」

前を歩く二人組の女性が、浮かれた声を上げている。周囲の人たちも、空を見上げたり、スマートフォンを取りだして撮影できないかと試してみたりする。

こんな時、蟹江宏美(かにえひろみ)は自分は東京人ではないことを実感する。雪国で生まれ育った宏美には、東京の人たちは冬と冬がもたらす様々な出来事をどこか楽しんでいるように見える。寒さについて話す時、雪が降り始めた時、イベントが開催されたかのように振る舞うのだ。

イベント扱いしているので、極端な事態が起こった時にものほほんとしている。猛烈に雪が積もっていても、電車が止まるまで日常生活を送る。止まってから慌てる。凍った路面をすたすた歩く。そして転ぶ。そんな様子を見ては、あの人たちは雪道の歩き方を知らないのだ——などと呆れてしまい、そんなところに呆れてしまう自分の都会人っぽくなさに呆れてしまう。

雪国に生まれた宏美にとって、雪とはすなわち即応すべき危機である。猫の声を聞いた時の鼠か、あるいはパトカーのサイレンを聞いた時の泥棒か。

たとえがいずれも卑屈過ぎる気もするが、雪と人間の間には警察と犯罪者以上に力の差があるとも言える。犯罪者は、場合によっては警察の追跡をかわせるかもしれない。しかし、雪国に住む人間は雪から決して逃れられない。

冬の朝を比較すると分かりやすい。都会人は朝起きて、テレビを見るなりスマホを触るなりしながら朝を過ごす。一方雪国の人間は、朝起きて雪かきをする。なぜ雪かきをするのか。しないと雪がタイヤよりも高く積もり、車が出せなくなる可能性があるからだ。

冬の朝その2。都会人は、鞄を持って電車で出勤する。一方雪国の人間は、ショベルと毛布を積んだ車で出勤する。なぜそんなものが必要か、説明を加えよう。

まずショベル。雪が降っていると、帰ってくる頃には駐車スペースに雪が積もってしまう。それを掘り返すためだ。

次に毛布。これは寒さをしのぐためではない（毛布一枚でしのげたら苦労はしない）。雪の中で、タイヤが滑って動かなくなった時に使うのだ。タイヤの溝が減り気味だと、「赤信号で止まって青信号で走り出そうとしたらもう動けない」なんてこともザラである。そういう時、毛布を敷くと踏ん張りが利いて走り出せるというわけなのだ。

豪雪の時、除雪の仕事をしていた親戚が除雪車からの眺めを撮影して送ってくれたことがある。道路の雪をどうにかこうにかどけている除雪車は、両脇を除雪車自身よりも高く積もった雪に挟まれていた。ほとんどボブスレーのコースのような眺めだった。

宏美は辺りを見回す。舞う雪は、舗装された歩道に着地するなり溶けて見えなくなる。うっすらと積もることさえあるまい。

地元の歩道は、正反対に雪で歩道が見えなくなる。朝五時頃に除雪車が車道の雪をどけるのだが、その押しのけられた雪で埋まっているのだ。そこを人が歩くことで獣道のようなものができていくのだが、昼を過ぎると雪の下の方が溶けて空洞になり落とし穴と化す。宏美は子供の頃その落とし穴にはまり、腰まで埋まってしまったことがある。歩道を歩いていて落とし穴に落ちたという経験を持つ現代人も、そうはいまい。

ぶーっぶぶ、とスマートフォンが震えた。ＬＩＮＥの通知バイブレーションだ。仕事が終わって帰る時間帯なので、ＬＩＮＥが来ることに不思議はない。彼氏だろうか。友人だろうか。

「——うっ」

ロック画面の通知を見るなり、宏美は呻いた。

【みさこ：あんた元気しとる？】

勿論彼氏ではない。友人にもみさこなんて名前の人間はいない。これは——母だ。

【ちゃんと仕事しとるん？】

【最近連絡ないけど】

【こっちは毎日ストーブつけとるわ。あとタイヤ履き替えたでの、お金かかってしかたないわ】

次々LINEが届く。地元の訛りをそのまま文字に起こしたメッセージ（地元民同士でも普通はしない）。ノーモーションで繰り出される自分語り（まあスタッドレスが高いのは事実だが）。連打されるデフォルトの白いキャラクターのスタンプ（名前は忘れた）。何から何まで母だ。

【どうしたの】

耐えかねて、宏美は返事を打った。極めて無愛想なようだが、「なに」辺りより随分とマシである。プラス三文字分の思いやりがある。十分親孝行だ。

【別に】

母の方が二文字で済ませてきた。子不幸な親だ。本来そんな言葉はないかもしれないが、宏美は日本語に敢然と立ち向かう。正しいのは宏美だ。わたしの辞書に子不幸という文字はある。

【あのね、】

びしりと文句を言ってやろうとする宏美に、母は読点で止まるメッセージを送ってきた。一息に言えばいいことを母がわざわざ分ける時は、ろくなことがない。

【今そっちに向こてるでの】

液晶画面に雪が落ちてきた。雪は、スマートフォンの熱ですぐに溶けてなくなる。

【そろそろつくでぇ】

【部屋片付けとる?】

しかし母からのメッセージはなくならない。むしろ増えていく。雪の代わりにガンガン降り積もっていく。

京王線をマンションの最寄り駅で降りる。雪はやんでいた。一方母からのLINEはやまない。

【あんたちゃんとご飯食べとるんけのぉ？】

【みさこがスタンプを送信しました】

【服はちゃんと洗濯しとるんかぁ？】

【窓開けっ放しにしとらん？　鍵閉めなあかんよ】

【みさこがスタンプを送信しました】

既読を付けたくないので、時折プッシュ通知だけ見てはスワイプして画面外に吹っ飛ばす。どれもこれも三十近い一人暮らしの女性に送るＬＩＮＥではない。母にとって宏美は、地元にいた高校生の頃で成長が止まっているのだ。

【きょうおうせんのなに駅だった？】

【けいおうせん。京王線】

思わず訂正してしまう。そして、ぶわっとついてしまった既読表示に溜め息を漏らす。というか、最寄り駅も曖昧な状態でよくやって来るものだ。名前が東京っぽいからといって新幹線を品川で降りたりしていないだろうか。

宏美はスマートフォンをポケットにしまった。もう家に帰るまでスマートフォンは見ないと決めた。歩きスマホはよくない。これが地元なら歩いている人が少ないので事実上やり放題だが、都会ではそうはいかない。

マンションに着き、エレベーターで上がる。そもそも母は部屋番号を覚えているのかという疑問が浮かんだ。宏美は表札を出していないし、間違える可能性がある。だが、確認するのはやめておいた。まあ間違えていたら間違えていた時のことだ。少しは反省すればいいのである。

部屋の前に立ち、鍵を開け、ドアを開ける。部屋に入り、ドアを閉め、鍵をかけ、チェーンもかける。母に言われるまでもなく、そのくらいの用心は習慣として身についている。

ムートンブーツを脱ぎ、1DKの部屋に上がる。ダイニングキッチンを抜けてリビング兼寝室に入り、暖房を点けようとする。これも全て習慣だ。次はスマートスピーカーで音楽をかけ、部屋が暖まるまで待ってからダウンコートを脱ぎ、冷凍庫にある冷食で夕食を済ませ――

「は？」

だが、宏美の習慣は暖房を点けるその前で妨げられた。

「なに、これ」

妨げてきたのは、こたつだった。

「なんで、犬」

そして、そのこたつに入った一匹の犬だった。

宏美はこたつを見る。宏美の生活スペースの真ん中、ちょっとお洒落（しゃれ）なセレクトショップで奮発して買ったちょっとお洒落なちゃぶ台が置かれているはずのところに、こたつが鎮座していた。色褪（いろあ）せたこたつ布団。あちこち傷の入った机の表面。上にはみかんなぞ載っている。ザ昭和な感じの眺めだ。

これは勿論、宏美がインテリアの方向性を「ちょっとお洒落」から「これぞ昭和」に変更したわけではない。突然、何の前触れもなく模様替えされていたのだ（そもそも宏美は昭和なる時代をよく知らない。なんとなくのイメージで言っているだけである）。

次に宏美は犬を見る。柴犬（しばいぬ）である。こたつに入っている。犬がこたつに入るにはうつ伏せになって顔だけ出すとかそういう入り方になると思うのだが、この犬は人間のように座った姿勢で入っている。

「お邪魔しています」

犬が喋（しゃべ）った。ダンディな、渋みと深みを併せ持った低音ボイスである。

「おかえりなさい。お仕事お疲れ様でした」

宏美は無言で習慣を巻き戻す。リビング兼寝室から出てダイニングキッチンへ入る。ムートンブーツを履き、チェーンを外し鍵を開ける。ドアを開け、外に出て、ドアを閉める。

「よし」

　マンションの廊下で、宏美は頷いた。いきなり母が来るなどという突発的な事態のせいで、宏美は今きっともの凄く動揺しているのだ。自覚的にはそこまではないが、深層心理的な何かが大パニックを起こしているのである。そのせいで、ちょっとお洒落なちゃぶ台がこたつと喋る犬に見えてしまったのだ。

「よし」

　宏美は再び頷く。論理的に相当な飛躍があるような気がしないでもないが、それを言うならいきなりこたつやら犬やらが部屋に現れる方がよほどぶっ飛んでいる。尋常ではない事態に、通常の理屈で説明が付けられるはずもないというものだ。

　気を取り直すと、宏美はドアを開けた。そして、諸々の習慣をこなしながらリビング兼寝室に入る。

「おかえりなさい」

　変わりなく、犬とこたつが出迎えてきた。

「なんなのあんた！」

　宏美は叫んだ。さほど防音性に優れた部屋でもないので、あんまり叫ぶと上下左右の住人に迷惑なのだが、そうも言っていられない。

「犬です」

犬が返事をしてきた。

「見れば分かるわよ！」

「柴犬です」

「それも分かるわよ！」

宏美は犬に詰め寄る。何が何だか分からないが、分からないままにはしておけない。ここは宏美の部屋なのだ。

「わたしが問題にしてるのは、犬が人の部屋にこたつを用意してくつろいでることよ。ここはわたしの生活空間なの。面白おかしいファンタジー空間にしないで」

「すいません、用事の途中で少しばかりお邪魔しました。そう長居はしませんので、どうぞ大目に見て頂ければと」

犬の受け答えは実にのほほんとしている。丁寧な口調は、まるで取引先と話す時の営業職のようだ。いや、営業は時間に追われることが多く早口になりがちなので少し違う。むしろ人事評価の結果を告げる時の人事部のようだ。自分で言っておいてあれだが、若干気が滅入る(めい)たとえである。人事評価が楽しい勤め人などほとんどいない。期末試験が楽しみな高校生よりも更に少ないだろう。というのは宏美の偏見かもしれないが——

「――いやいや」

思考が脱線した。そもそも、犬の受け答えがのほほんとしているとか口調が丁寧だとかいった話以前に、犬と問答しているという状況自体がおかしい。

「とにかく出て行って。このマンションはペット禁止なんだし」

宏美は犬を丸く追い出す口実を見つけた。嘘ではなく、本当に禁止されている。喋ろうが喋るまいが、犬は犬だ。管理会社に見つかったら、とても面倒なことになるはずである。

「なるほど、ただ飯食らいの飼い犬はお断りだということですね」

微妙にずれた理解をすると、犬は立ち上がった。

「分かりました。犬は猫めらのような風来坊とは違います。人のために働く勤勉な友人なのです」

そう、立ち上がったのだ。エヘンと胸を張ると、犬は二本の後ろ足でぽてぽてと歩く。

「夕ご飯、まだですよね？　なにか温まるものをお作りしますよ。こたつにでも入ってお待ちください」

犬は、尻尾を振りながらキッチンへと向かっていった。

一人残された宏美は、つい言われた通りにこたつに入る。

「――む」

こたつは、暖かかった。いきなり現れたり犬が入っていたりと得体の知れないこたつだが、その性能は真っ当にこたつだった。

「むむ」

瞬時に宏美はその場で根を生やしてしまう。こたつの恐るべき副作用の一つ「動きたくない」である。

「ふむ――」

続いて瞼（まぶた）が重くなってくる。副作用その二「眠くなる」である。

どう考えても、こたつに入ってうつらうつらしている場合ではない。しかし副作用その三「面倒なことがどうでもよくなる」が、宏美の思考能力をみるみるうちに奪っていく。今日は朝早かったし、ちょっと寝ようかな――

「できましたよ」

犬が、宏美の前に何かを置く。はっと目を覚まして見やると、それは丼だった。何かがほかほかと湯気を立てている。

「簡単なものですみませんが」

ゆでたそうめんに、温かいおつゆ――にゅうめんだ。おつゆには鶏肉（とりにく）にしいたけ、かまぼこなどが浮かび、刻みねぎも散らされている。中々に具沢山だ。

「あ、りがとう」

戸惑いながら、礼を言う。

「お箸です」

犬が割り箸を差し出してきた。

「どうぞ、召し上がってください」

決して押しは強くない。むしろ、そうだったら宏美はびしりと拒絶していただろう。とても自然で穏やかな好意で、それだけにこちらも素直に受け取りたくなってしまう。

というわけで宏美は好意と一緒に割り箸も受け取り、ぱきんと割ると丼に突っ込んだ。麺を挟んで口元まで持っていくと、つるつると啜（すす）る。

「――あ」

美味（おい）しい。うどんでもそばでもない、そうめんだからこそ出せる優しい食感がたまらない。

一方で、食べる人間に対峙（たいじ）を迫るような芸術的な繊細さはなく、いい意味で大味だ。遠慮なく食べられて、気兼ねなく美味しい。

丼を持って、おつゆを啜ってみる。方向性は鶏（とり）ガラっぽい。しょっぱさが少しばかり強調された、濃いめの味付けが身体（からだ）に染みる。そうか、結構体冷えてたんだな――などと思い当たる。まあ、帰ってきてすぐにまた外に出たりしたので、当たり前と言えば当たり前なのだが。

続いて具を食べてみる。鶏は胸肉だった。ぱさぱさしておらず、程よく柔らかい。また、味も中々である。おつゆのだしとなり、またおつゆからも風味が還元されるという、ペットボトルのリサイクルマークみたいなぐるぐるした過程を経ての味わいは、にゅうめんの具に求められる「中々な美味しさ」を完璧な配分で実現していた。

「――へえ」

宏美は感嘆の声を上げる。言うほど手が込んでいるわけではない。鶏ガラ風味は鶏ガラスープの素だろうし、そうめんはスーパーで売っている普通のそうめんだろう。しかし、丁寧に作られている。冷蔵庫の中身を工夫して料理した、背伸びしない美味しさ。こたつで食べるのにふさわしい、そんな一品だ。

「そうめんとかどっから持ってきたの？　うちになかったでしょ」

自慢ではないが、宏美はほぼ自炊をしない。彼氏の方が遥かに料理をする人間で、部屋に遊びに来る時は途中で何かと買い物してから来るほどだ。ちなみに得意料理はおでんで、実際美味しい。冬場になると、四回に三回は作ってもらっている。

話が逸れたが、そんなわけで宏美の冷蔵庫は実にスカスカだ。冷凍庫に冷食が突っ込んであるくらいで、あとはほぼ缶ビール貯蔵庫といって差し支えない状態だ。

「食器と材料については用意しました。宿代のようなものです」

向かいに座ると、犬がそう言ってきた。面妖な話だ。犬がスーパーのそうめんを入手するには、有形無形の高いハードルが存在するはずである。一体どうやったのだろう。

「そか」

だが、こたつの副作用その三「面倒なことがどうでもよくなる」が宏美の疑念を霧消させていく。このにゅうめん、美味しいからいっか。

麺を平らげ、具を食べ、宏美はあっという間ににゅうめんを完食してしまった。

「いかがでしたか？」

犬が聞いてくる。

「——ん。美味しかった。ごちそうさま」

宏美は、丼に目を落としたままそう答えた。何だか照れくさい。

「それはなにより」

犬は、嬉しそうに尻尾を振った。

釣られて笑いそうになりながら、宏美はおつゆも残さず飲み干す。丼の底には、「ありがとワン」などと言っている犬のイラストが描かれていた。微妙に洒落た演出だ。

「あ、そういえば。ここにあったちゃぶ台は？」

洒落た演出で思い出した。ちょっとお洒落なちゃぶ台は、ちょっとどころではない値段がした。気軽にこたつと交換されても困る。

「しまってあります」

犬はしれっと言う。

「どこにしまったのよ。マンションの植え込みに埋めたとかだったら、ただじゃ置かないわよ」

宏美は犬を睨みつけた。ココ掘れワンワンと言われても、掘り返す前にまず埋めたことの落とし前を付ける必要がある。

「怖いことを言わないでください。犬だからといって、なんでもかんでも土に埋めるわけではありません。然るべき場所に置いてあるだけです」

犬が耳をぱたんと倒しておろおろする。宏美からは見えないが、尻尾もきゅっと丸め込んでいるだろう。

「然るべき場所ってなによ。いい加減な説明ね」

宏美は追及する。いかにこたつ副作用で細かいことはどうでもよくなるとしても、ちょっとお洒落なちゃぶ台はそうはいかない。

「大体、あんた本当に犬なの。やっぱり信用できないんだけど」

そんな疑惑も浮かんできた。小さいおっさんが、犬の着ぐるみを着ているのかもしれない。もしそうだったら即座にこたつの板でシバいて、それから警察を呼ぶ構えである。いや、少し違う。こたつの板でしっかりシバいて、それから警察を呼ぶ構えである。

「信じてください。わたしは天地神明に誓って犬です」

犬が必死に訴えかけてくる。

「犬はそんな堅い四字熟語に誓いを立てないわよ。ちょっとそこでじっとしてなさい。触って確かめてやるわ」

とはいえ、向かいなのでこたつに入ったままでは手が届かない。副作用その一「動きたくない」をなんとかねじ伏せると、宏美はこたつから出た。犬の隣に立ち、犬の頭をぐわしと摑(つか)んでみる。

「む」

もふもふとした手触り、その下にある骨の確かな感触。ほんのりとした温かみ。犬を飼ったことはない宏美だが、犬派の彼氏にドッグカフェによく連れて行かれることがあり、はっきりと分かる。これは犬だ。

「むむ」

何だか優しい気持ちになる。犬を触っている時特有の、癒やしにも似た感じだ。

「――むむ、いけないいけない」

宏美は我に返る。念には念を入れる必要があるだろう。宏美はしばらく撫(な)で回し、続いて頭の毛を摑んでぐいぐいと引っ張ってみる。

「いたた」

犬が悲鳴を上げた。前足をばたばたさせてもがいている。

「皆さん色々な形で確認されますが、ここまでやる人はあまりいません。貴方(あなた)は視線の厳しさ通り、内面に激しさを持つ人なのですね」

犬が、そんなことを言う。

宏美は、部屋の壁に沿って置いてある姿見に目をやった。メンズSサイズのダウンコートを大きめに着て、眉を柔らかく描き、ほんのり明るい色の髪を肩まで伸ばした姿。ネイルの色は淡色、ボトムスは丈の長いスカート。全体的に優しい雰囲気でまとめているつもりだが、目つきはなるほどキッツい。すれ違っても、「ほんのり明るい色の髪の人」とか「大きめのダウンコートを着てる人」ではなく「目の怖い人」みたいな印象しか残らないだろう。

「犬なのに、見る目があるわね」

皮肉の一つも言ってやりたくなった。まあ、目つきにせよ内面にせよ犬の言う通りなのである。こたつの板でシバく云々にしても、大袈裟な比喩表現ではなく本気だった。

「鼻がいい、と表現してください。犬なもので」

犬はというと、素直に褒め言葉と受け取ったのか中々に得意げだ。上を向いて鼻を高く掲げ、すんすんとうごめかしてくる。

「さようですか」

言いながら、宏美はダウンコートを脱ぐと壁に取り付けたフックに掛ける。こたつとにゅうめんで暖まったせいだろうか、少し暑いのだ。

「はあ、やれやれ」

コートのポケットからスマホを抜くと、こたつに戻る。充電を確認すると、六十パーセント台だった。まだまだ余裕だ。寝る前に充電器に差せばいいだろう。

「――いや」

通知欄を見て、宏美は充電どころではないことを思い出した。

【あんたスマホ見とらんの？】

【駅ついたよ】

【もうすぐマンションの前】

【マンション】

母からのメッセージが、事細かに現在位置を実況している。これが怪談なら「あなたの後ろにいるの」で幕引きになるところだ。

「ちょっと、やっぱ出て行って」

戻ったばかりのこたつから飛び出すと、宏美は犬にそう言った。

「なぜですか？　にゅうめんが気に入りませんでしたか？」

「あれは美味しかったわよ。そうじゃなくて、親が来るのよ。喋る犬なんて見せられないでしょ」

なんと言われるか、想像もつかない。そもそも喋ったりにゅうめんを作ったりする犬自体が想像の範疇を超えた存在であるため、無理もない話ではあるが。

「分かりました。それでは、怪しまれないよう擬態します」

そう言うと、犬はこちらを見たまま動きを止めた。擬態とはまた大きく出たものだ。風景と同化したりこたつの一部と化したりするのだろうか。

しばらく待ってみる。何も変化は起きない。目の前には、動かなくなった犬がいるだけだ。

「擬態するなら早くしてくれない？　もうマンションまで来てるんだけど」

「既に擬態済みです」

急かす宏美に、犬はふざけた答えを返してきた。

「どこがよ。なに一つ変化してないじゃない」

「ゆく河の流れは絶えずして、しかももとの水にあらず」

「古典作品の冒頭部分を引用して誤魔化そうったってそうはいかないわよ」

「川の流れは絶え間ないが、流れている水は同じではない。たとえ同じように見えても、物事は移り変わっているのですね。古代中国の思想家である孔子も、川を前にして『逝く者は斯くの如きか』と言ったそうです。通じるものがありますね」

「わたしが求めてるのは現代語訳や注釈じゃなくて現実的な対策なんだけど」

「おお、さりげなく韻を踏んでいますね。ゲン代語訳とゲン実的、注シャクと対サク。見事なラップです。YOYO、ヘイメーン」

ふざけたことばかり言う犬に手刀で面を入れてやろうとしたところで、ごんごんと玄関のドアがノックされた。

「宏美ー、おるん？　お母さんやよぉ」

そんな声が聞こえてくる。酒焼けした響き、語尾の音程が上がるイントネーション。百二十パーセント母――蟹江美佐子のものだ。

「あーもう。もし親がなんか言ったら、その瞬間あんたこたつの板でシバくから」

そう宣告すると、宏美は玄関に向かった。ドアはごんごん叩き続けられている。はいはいと溜め息交じりに返事をしながらチェーンを外し、鍵を開ける。

「久しぶりやのぉ」

モコモコのフリースコートにジーンズ。紫が派手に挟まった色の髪。でかいリュック。いつも通り母だ。黒いマスクを着けているところも、まったく変わりない。

世界規模で流行った感染症はとうの昔に撲滅されたのに、母は今でも外出時にマスクを着けている。その当時「黒いマスク似合うね」と誰かに褒められたことが、殊の外嬉しかったらしい。まあ確かにぽよんとした顎ラインが隠れるといえるし、風邪とかにもかかりにくくなるし、着けること自体に異議はないのだが、もしマスクについて触れようものなら「似合ってるって言われたんよ」と昨日言われたかのように自慢してきて面倒なので黙っている。

「靴の向き、変えておきねの。行儀悪いし」

マスクについて触れなくても、母は面倒だった。宏美の部屋を訪れる人間に、靴の向きに注意を払うような人間など母以外いない。玄関で一手間掛けるメリットは皆無だ。

「東京も寒いねえ」

靴を脱ぎ、宏美のものと一緒に向きを変えながら、母が言った。

「だね」

それについては、まあ同意である。地元がクソ寒いだけで、東京も十分寒い。夏場がクソ暑いことを考え合わせると、決して暮らしやすい気候ではない。東京人だって大変なのだ。

「ほやけど道分かりにくいわ。来るの大変やし」

ところで、母は来る度に同じことを言う。

「だからアプリ入れなよ。ものによっちゃ住所入れるだけで経路も時間も大体分かるし」

宏美は同じことを言われる度に同じことを言い返す。

「ほやけど、そんなん難しいし。まあ、わたしスマホは向いてないってことやろね」

そして同じ結論を勝手に出されて終わる。ほとんど儀式のようだ。

「あ、こたつやないの」

ずかずか部屋まで入ると、母がそんなことを言った。

「それに、まあ！」

続けて、犬を見て目を輝かせる。何かおかしなことになったら即シバこうと身構える宏美だったが、その必要はなかった。

「やだぁ、可愛いやん」

母は、きゃーきゃー言いながら犬にのしのし近寄る。黄色い声と重量感のある歩みという矛盾一歩手前のコントラストはさておき、宏美はなるほどと納得した。

「柴犬やろ？　いいぬいぐるみやねえ」

黙ってぴくりとも動かなければ、こういう風に解釈されるのだ。先ほどのものも、本当にちゃんと擬態していたようである。川の流れがどうのこうのというのも、あれはあれでそこそこ真面目な話だったのだ。

「しかしリアルやねえ。もしかして本物の犬？」

言いながら、母は犬の頭をぐわしと摑んだ。そしてぐりぐり撫で回す。確認するための行動がいちいち全く一緒である。こういうところで親子だと実感させないで欲しいものだ。

「そらそら」

毛を引っ張ったりもする。先ほどは悲鳴を上げた犬だが、今回はぐっと堪えている。引っ張り方は明らかに母の方が力強いのだが、微動だにしない。中々に気合いが入っている。

「可愛いのう」

母がにこにこ撫でる。すると、犬が尻尾をぴょこぴょこ振った。手荒な扱いには耐えられても、可愛がられるとそうもいかないらしい。宏美は無言で歩み寄り尻尾を踏んづけた。

「ん？　尻尾動かんかった？」

次の瞬間、母が不思議そうな顔をして犬のお尻に目をやった。

「なんか可愛い尻尾よねえ」

宏美の足の下で、犬の尻尾が再びぴょこぴょこしようとする。

「錯覚じゃない」

だからじっとしてろと尻尾を踏みしめながら、宏美はそう言った。

「かねえ」

誤魔化しとしては最も程度の低い部類に入るが、母は納得した。細かいことを気にしない母らしい態度だ。母の性格は、竹を割ったようというのを通り越して瓦を叩き割ったくらいの大雑把さであり、何かと難儀してきた宏美だったが、今回に限ってはそれに助けられた感じだ。

「ほら、あんたも入り(はい)ねの」

母は犬とは別の方向からこたつに入ると、そんなことを言ってくる。ここは宏美の部屋なのに、何を我が物顔でくつろいでいるのか。ふて腐れながら、宏美も空いている方向からこたつに入る。

「ふむぅ」

疑問の種は尽きないが、こたつに入った途端どうでも良くなった。こたつの副作用恐るべしである。

「そうそう、忘れてた忘れてた」

母は、リュックの中から何やら取り出した。

「お土産持ってきたんやざ」

それは、水ようかんだった。

「むむっ」

宏美は思わず身を乗り出す。水ようかんは、地元の県内で八十以上の銘柄があるというソウルフードである。地元の文句ばかり言っている宏美だが、水ようかんは別格扱いだ。

「そういやあんた、丼置きっぱなしやないの」

ようかんを並べ終わってから、母は丼の存在に気づいた。

「すぐ洗わんとあかんやろ。かちかちになって取れにくくなるし」

こたつの副作用をものともせず立ち上がると、母は丼を持ってダイニングキッチンへ向かった。瓦を叩き割った性格である一方、母はきれい好きなのだ。靴の向きに細かいことからも、それは分かる。

「はあ、冷たいわぁ」

文句を言いながら、母が丼を洗い始める。別に無理して洗ってもらわなくても、という言葉を喉元で押しとどめ、こたつに突っ伏す。だめだだめだ。やってもらっているんだから。ありがたいんだから。

「水ようかん、おいしいですね」

そんな声がして顔を上げると、犬が袋を開けて水ようかんをもぐもぐと食べていた。

「あたしの水ようかん勝手に食べないでよ！　というかぬいぐるみ設定はどこへ行ったの！」

宏美は小声で力一杯怒鳴ると、こたつから飛び出し水ようかんを奪い取ろうとする。

「水ようかんを食べるぬいぐるみという風に変更しました。修正をお願いします」

犬はもぐもぐ水ようかんを頬張りながら、宏美の手をひらりとかわす。

「動かないでよ！　水ようかんを食べるとしてもぬいぐるみはぬいぐるみでしょう！　突然機敏に動かないで！」

「水ようかんを食べ取り上げられそうになるとかわすぬいぐるみです。修正をお願いします」

「あらまあ！」

丁々発止の争奪戦を繰り広げていると、母が浮き立った声を出した。引き続き水ようかんをもぐもぐしていた犬が、もぐもぐの「もぐも」くらいで動きを止める。一応ぬいぐるみとして振る舞うつもりはあるらしい。

「なに！」

宏美は母の方を見る。水ようかんを食べ以下略なぬいぐるみを見たのかと思いきや、そうではない。その視線は宏美たちとは別の方に向いている。

「これゴミ箱なん。凄いやない」

母が、そんなことを言った。どうやらダイニングキッチンに置いてあるゴミ箱がお気に召したらしい。分別しやすいように三分割され、蓋も三つあるものだ。少し場所を取るが、いちいちこれは資源ゴミでこれはペットボトルでみたいに分別するのが面倒だということに最近気づき、簡単に分けられるものを買ったのである。

「すごく便利やない。東京でしか買えんの？　楽天で売ってたりせんの？」

部屋に戻ってきた母が、いそいそとこたつに入りながら聞いてきた。宏美も、犬の傍から離れ元の場所に戻る。

「売ってるでしょ。分別ゴミ箱とかで検索すると出るよ」

こたつに入った宏美の返事を聞くと、母がもたもたとスマートフォンを操作し始めた。ちらりと見えた画面から推測すると、まずブラウザで「楽天市場」と入力して検索するところからスタートしているようだ。入力速度は稲刈り中のコンバインより遅い。この様子だと、商品に辿り着くまでに日付が変わりそうだ。そして高めの値段設定がされたショップで買って損しそうだ。

宏美は自分のスマホで楽天のアプリを立ち上げると、ささっと最安ショップを調べた。ポイント還元率もいいところが見つかったので、母とのＬＩＮＥトークで共有する。

「なにこれ。あんたのＬＩＮＥからなんか英語が来たんやけど」

母が、スマホを手に狼狽え出す。

「英語っていうかＵＲＬね。安いショップに飛べるようにしたから」

「この英語をどうすればいいん？」

「ＵＲＬをタップすれば飛ぶから」

何度訂正しても、母はＵＲＬのことを英語と呼ぶ。母は、スマホ周りの用語を「スマホ」という略称以外ろくに正しく覚えようとしないのだ。

「てんっと」

タップは「てんっと」「てんってする」。長押しは「ぐうっとする」。ブラウザは「ネット」。Ｇｏｏｇｌｅ Ｐｌａｙは「アプリを取るとこ」。何度訂正を試みても、ちっとも功を奏さない。

考えてみると、昔から家庭用ゲーム機は全部ファミコンだった。女の子が変身して戦うアニメは全部プリキュアだった。燃やすゴミをいつまでも燃えるゴミと言っていた。ケータイではなくスマホと呼んでいるだけ、進歩したと言えるかもしれない。

「あ、行けた行けた。——ポイントも結構つくんやね。お得やないの」

商品ページを見ながら、母がふむふむ頷いている。楽天はアプリで買うとポイントがプラス〇・五倍されるけど、と言いかけてやめた。下手なことを言おうものなら、ポイント欲しさに母がアプリをインストールしようとする→「なんかアプリ取れない！」→手伝う→「ログインできない！」→教える→「パスワード忘れた！」→パスワードをリセットする→「アプリの使い方が分からない！」の地獄コースだ。母の楽天ポイントをプラス〇・五倍するために、宏美の疲労がプラス五百倍である。どう考えても割に合わない。

「しかしあんた、ほんと東京弁で喋るようになったなぁ」

ふと手を止めると、母はそんなことを言った。

当たり前の話だ。基本的に、東京で地方の言葉を使っていると田舎者扱いである。それで済めばまだいい方で、聞き取りにくいと文句を言われることもしばしばだ。厄介者扱いされる危険性さえあるというわけである。

——地元の言葉で喋ってよ。

一方で、ひとたび男性と付き合うとそんなことを言われがちだ。今の彼氏も何度か言ってきた。それに対しての宏美の返事は決まっている。「え、やだ」である。

正直そこで可愛いと褒められてもまったく嬉しくない。しかも、喧嘩時に少しでも訛りが出たら「なに、こわ」「キレすぎ」「沸点分かんない」などと言ってくる。喋れ喋れと言っておいて、いざリアルな方言が出たら変わり者扱いだ。田舎者、厄介者、変わり者。いずれにせよ、ろくな「者」じゃない。

「故郷の誇りを忘れたんか。どーんとお国言葉をかましてやりねの」

そんな苦労も知らず、母は呑気なことを言ってくる。

「え、やだ」

宏美はぶっきらぼうにそう返した。地元に生まれ育ち、出ると言えば町内会の旅行で熱海の温泉に行くくらいがせいぜいな母には、ぴんと来る話ではないだろう。

——気分が滅入ってきた。余計な気ばかり遣っている。余計なことばかりしている。母はいつまでいるのだろう。いつになったら帰ってくれるのだろう。

「そういやさ、あんた彼氏とかおるん？」

宏美の内心などまったく推し量ることもなく、母が話を続ける。

「——さあね」

出かけた舌打ちをどうにか抑えて、それだけ言った。

彼氏はいる。付き合ってそこそこ経(た)つし、結構真剣に付き合っているとも思う。しかし、何だか、今母にそれを言う気持ちになれない。表情を隠すべく、宏美は俯(うつむ)く。

「折角なんやから、楽しまなあかんざ。若い内だけやし」

頼んでもいないアドバイスが、宏美の頭にぶつかってきた。

「うん」

下を向いたまま、んんに近い発音のうんを投げ返しておく。最低限の返事くらいにはなる。

「あんた、見た目だけだったらそこそこなんやからさ。わたしの若い頃といい勝負やよ」

「はは」

「は」を二つ並べておく。最低限の返事くらいにはなる。

自分は、母を嫌っているのだろうか。そんなことを考える。そして苛立(いらだ)つ。どうして、そんなことを考えさせられないといけないのか。

「あ、トイレ行ってくる。どこ？」

出し抜けに母が立ち上がった。相も変わらず自分のペースだ。

「玄関上がってすぐ左」

顔を上げず、それだけ言う。母は元気いっぱい立ち上がりトイレへ向かった。

「あぁぁ」

溜め息兼唸り声が、宏美の口からこぼれ落ちる。しんどい。本当に、しんどい。

がちゃりとトイレの鍵を閉める音がした。開く音がするまでは、一時的に母から解放される。そう考えて、少しでも気分を楽にしようとする。

こたつの板を眺める。つくづく年季の入った板だ。分かりやすく汚れたり傷がついていたりするわけではない。渋い木目がこれでもかと浮かんでいるわけでもない。ただその佇まいに、モノとしての年輪がはっきりと刻みつけられているのだ。

ぼうっと眺めているうちに、宏美は犬のことを思い出した。何も言わず黙っているので、その存在をほぼ忘れていたのだ。顔を上げて、犬のいる方を見る。

「名案が浮かびました」

目が合うなり、犬はそんなことを言ってきた。

「わたしが貴方の真似をします」

そして、眉間と鼻の頭に皺を寄せてくる。少し牙も剥いている。実に凶悪な面構えだ。

「犬なのに猿真似です。わははは」

そんな表情で、犬は冗談を言った。

「二重の意味で全然面白くないわよ」

宏美は犬を睨みつけた。まず冗談はしょうもないし、真似のされ方もひどい。目つきの悪さは自覚しているが、そこまで獣じみた暴力性を放ってはいないはずだ。

「そして、わたしが『やなこと』を代わって差し上げましょう」

剣呑な面構えのまま、犬はそんなことを言った。

「――『やなこと』を、代わる?」

「トイレ寒いわ。小さいヒーターみたいなの置いたら?」

宏美がぽかんとしていると、トイレの中から母が声をかけてきた。

「別にいらないって。お母さん、血行悪いから寒く感じるんでしょ」

ふんと鼻を鳴らしながら、犬があの低い声で返事をする。

「は? やめてよそれで真似のつもり? あたしそんな感じ悪くないし」

「は? やめてよそれで真似のつもり? あたしそんな感じ悪くないし」

宏美の抗議に対して、犬宏美は低音ボイスで返してくる。欠片も似ていない。

「言ってくれるなぁ~。わたしは健康です」

母の声がして、水を流す音がした。

「――え?」

現実感が、横滑りする。今母は、犬に対して返事をしたのか？

「検査でもお医者さんがびっくりしよるで」

トイレから出て流しで手を洗うと、母はそんなことを言った。――犬に向かって。

「え、お母さん？」

宏美が声を掛ける。しかし、母は見向きもしない。

「なるほど、あまりの面の皮の厚さに驚かれるのね」

「血の検査と顔面は関係ないやろが！　注射器刺すんか顔に！」

逆に、犬の言葉に反応する。

「ちょっと、どうなってんのよ」

宏美は犬に食ってかかった。しかし、犬は反応もしない。必要以上に目つきを悪くしたままで、母と向き合っている。

「――まさか」

宏美は愕然（がくぜん）とする。犬は、「やなこと」を代わると言った。つまり、今犬は宏美の代わりとしてやなこと――母の相手を代わっているというのか。となると、宏美には交代で犬のぬいぐるみ役が割り当てられているのだろうか。

「注射器の針も折れるんじゃない」

犬は、母に向かって減らず口を叩き続ける。

「あたし、そこまで口悪くないんだけど」

宏美は憤然とする。確かにお上品でエレガントな物言いをする人間ではないが、ここまで辛辣な毒を吐くことはない。先ほどの目つきもそうだが、この犬は宏美が持つ特定の要素だけを誇張しすぎではないか。

「あっはっは！　無茶苦茶言いよる！　いつもの塩対応よりええね！」

母はというと、こたつの板をばしばし叩いて笑った。

「ちょっと、お母さん」

思わず、宏美は母に声を掛ける。しかし、母はこちらを見ることさえなかった。

「なんか、眠くなってきたわ」

そう言うと、母はあくびをした。それまでエネルギー全開で喋っていたのに、いきなり眠そうになっている。

こたつの板に頬杖をつくと、母はそのまま目を閉じた。口元から力が抜ける。一瞬にして寝てしまったらしい。このように交感神経と副交感神経の活動が瞬時に切り替わるところも、母の特徴だ。LED電球でさえもう少しオンオフに暇がかかりそうなものである。

「お母さん、お母さんってば」

何度も声を掛けるが、母は目覚める気配もない。眠ってしまったからだというより、そもそも一切聞こえていない感じがする。無視される、何ていうのとは次元が違っていた。本当に、存在を認識されていない。

宏美は呆然とする。考えてみると、「ぬいぐるみ役が割り当てられているのか」という推測は間違いだった。もしそうだったら、「このぬいぐるみ喋っとる！」みたいな反応があるはずだ。母には、本物の宏美の声が聞こえていない。ここにいることさえも、気づいていない。

「まさか」

背筋を、冷たいものが走る。「やなことを代わる」というのは、建前ではないのか。宏美という存在を乗っ取り、本物に成り代わって暮らしていくつもりではないのか。

宏美は犬の目を見た。宏美の真似と称した鋭すぎる視線は、今や犬がもふもふとした外見で覆い隠していた邪悪な心性の表れであるかのように感じられる。

「あんた、よくもやってくれたわね」

こたつから出ると、宏美はその頭をぐわしと掴んだ。

「むむむ、む」

感触は、あんまり邪悪ではなかった。むしろ癒やされる感じがする。しかし騙されてはならない。宏美はぎりぎりと頭を握りしめる。

「いたたた」

犬はというと、悲鳴を上げた。さっきと同じく、前足をばたばたさせてもがく。

「なにか、誤解をしていませんか」

犬が、うるうるの涙目で見上げてきた。犬は人間のようにつらかったり哀しかったりして泣くわけではなく、目から涙が零れていたらゴミや毛が入ったか病気かのどれかだ。しかし、目の前の喋る柴犬は、痛さのあまり半泣きになっているように見える。

「——いや、いやいや」

その可愛らしい感じに誤魔化されそうになりつつも、宏美は気を取り直した。この犬には、宏美の存在を乗っとろうとしたのではないかという重大な疑いがかかっている。涙目だからと言って許すわけにはいかない。

「誤魔化さないで。あんた、わたしの存在を乗っとっろうとしてるでしょう」

というわけで、宏美は手に力を入れ直した。

「とんでもありません。邪悪なことに手も前足も染めません。凶悪な目つきは真似しましたが、それだけです」

「じゃあ今の状況はどういうことなのよ」

無礼な返答に更に力を加えつつ、宏美は詰問を続ける。

「本当に、やなことを代わっているだけです。然るべき時が来たら元に戻します」

「その然るべき時っていうのは今際の際で、わたしは死の苦しみだけ味わうとかそんなオチじゃないでしょうね」

「違います。本当に違います。ひとまず力を抜いてください。頭が砕けてしまいます」

「ちゃんと説明するなら緩めるわよ」

「します。説明します。このこたつにかけて誓います」

そこで、宏美はひとまず力を緩めた。担保として差し出すのが古びたこたつなのは解せないが、説明するというならひとまずさせてみよう。

「はあ、ひどい目に遭いました。懲罰で頭を締められるのは猿のお家芸だと思うのですが」

「なにそれ」

「孫悟空の輪っかですよ。古いネタでしたでしょうか。とにかく、犬はきび団子で懐柔すべきです。まあ猿にも提供されますが」

「さりげなく話す対価をつり上げようとしてない？」

宏美は再び力を入れた。

「とんでもないです。話します話します」

犬の言葉には、必死さが感じられた。そこで、今度は手を離してやる。

「要するに、貴方がお母さんとのやり取りを煩わしく思っていらっしゃるので、僭越(せんえつ)ながら代わったわけです。お母さんはわたしのことを貴方だと思っています。猿真似と申しましたが、実際のところはもっと高度なのです」

犬は、頭を前足の肉球でむにむに撫(な)でながら話し始めた。

「勿論(もちろん)ずっと代わるわけにはいかないので、具体的にはお母さんが帰られるか、貴方が話すことを苦痛に思わなくなれば終わりにしようと思っていました。——ですが」

両の前足を頭に当てたまま、犬が宏美を見つめてくる。

「これは、単純に代わればいいというわけではないようですね」

「どういう、ことよ」

心の奥底まで見通してくるような視線に、宏美は思わず怯(ひる)んでしまう。

「乗りかかった船です。ここは一つ、すっきりワンダフルに解決して差し上げましょう。引き続き、やなことについてはこちらで引き受けますのでご心配なく」

「まさか『犬だから【ワン】ダフル』とかほざかないでしょうね？　そんなことより、わかりやすい説明を——」

しろって言ったでしょ、と言い切ることが宏美にはできなかった。いきなり、こたつに吸い込まれてしまったのだ。

頬杖をついた姿勢で寝ていた母の顔が、手の平からずれてがくりとなる。その瞬間が、目の端に見えたのが最後だった。辺りは、真っ暗になる。

「どうなってるのよ！」

こたつの中は、底知れぬ穴のようになっていた。宏美は下へ下へと落ちていく。高い所から落ちる夢に、よく似ていた。体が宙に浮き、内臓がぐっと押しつけられるようなあの感じ。こたつの中でそんなこと、起こるはずがないのに。

「こたつの中で落下しています」

横から犬の声がした。見ると、犬も一緒に落ちていた。落下の空気抵抗か何かで、ふかふかした毛がぶわっと広がっている。

「なんでこたつの中で落下してるのよ！」

「猿も木から落ちるぐらいなのですから、犬が穴に落ちることもあるかもしれぬというわけです。わはは」

「全然対比になってないわよ！」

そんな叫びさえ吹き飛ぶ勢いで、宏美たちは落ち続ける――

——がくり、と膝が曲がり。宏美は我に返った。そんなところまで、落ちる夢のようだった。違う点があるとすれば、がくりとなってもまだ夢から覚めていないことだった。落ちる感覚はもうしないが、一方で現実に戻ってきた感じもしない。

「は？　ここ、どこ？」

何しろ、明らかに宏美の部屋ではないところに立っているのだ。

周囲はひどく暗く、遠くまで見通すことができない。広い空間のようにも思えるし、狭い部屋のようにも感じられる。

「どこかと問われれば、やはりこたつの中です」

傍らから声がした。見ると、犬がいる。後ろ足二本で立ち、何やらえへんと胸を反らしている。

宏美は無言でその頭を摑んだ。犬はいたたと悲鳴を上げてじたばたもがく。

「なにをするのですか。動物の虐待は犯罪ですよ」

「それは現代の日本社会においての話よ。こんな謎空間で動物愛護管理法やらなんやらに効力があるとでも思ってるの」

がくがくと犬の頭を揺さぶる。

「どこがこたつの中なのよ。いい加減なこと言ってると頭握るだけじゃ済まさないわよ」

「周囲を見てください。よく探すとこたつ要素が隠されていますよ」

悲鳴交じりに、犬がそう答えた。そんなものあるわけないだろう、と思いつつ、つい宏美は周囲を見回す。

暗いといっても、まったく明かりがないわけではなかった。神社にあるような灯籠が、明かりを灯（とも）しているのだ。灯籠は間隔を開けて二列に並び、ずっと彼方（かなた）まで続いていた。丁度、神社の参道のようである。

それだけならこたつもへちまもないところだが、なるほどこたつ的なポイントがあった。それは灯籠の光だ。赤みがかかった色味は、まさしくこたつの暖かくなる部分のあの雰囲気がある。

「ご納得頂けたようですね。それでは進みましょう」

するりと宏美の手から逃げると、犬はぽてぽてと歩き出した。

「なにがあるのよ」

その後について歩きながら、宏美はそう訊（たず）ねた。この道、少々不穏な空気が漂っているようにも思える。具体的に表現すると、異界とかに繫（つな）がっていそうな感じだ。「こたつに入ったら異世界転生した」みたいな展開は勘弁してほしい。宏美にチート級のスキルなど何もない。AT限定ではない運転免許くらいがせいぜいだ。

「犬も歩けば棒に当たるほどです。宏美さんが歩けば、もっと色々起こりますよ」

犬の返事は、抽象的かつ曖昧だった。棒以上の何かに当たるらしいこと以外、まったく分からない。

「――え、なにこれ」

宏美は立ち止まった。突然、左右の灯籠が光を増し始めたのだ。光はどんどん強くなり、遂(つい)には宏美を飲み込む。何も見えなくなる、自分の姿さえ分からなくなる――

「――へ？」

ふっ、と。光が消えた。周囲は、謎の灯籠が続く空間ではなく電車の車内に変化していた。

京王線ではない。山手線(やまのてせん)でもない、東京メトロでもない。しかし、ひどく見覚えがある。

キョロキョロ辺りを見回す。すると、整理券の発券機があった。都会人なら、バスではなく電車に整理券ってどういうことと衝撃を受けるところだろう。しかし、宏美にはひどく懐かしいアイテムだった。

ああ、と理解する。間違いない。これは宏美の地元を走る電車、福井(ふくい)鉄道略して福鉄である。

宏美は、座席に腰掛けていた。片側二人がけで前方を向いた、それこそバスのようなシートだ。車窓の外を見やると、実に寒そうな風景が広がっている。やはり地元だ。冬の地元だ。

「ほやでぇ、俺今日は遅刻せんかったんやざ」

そんな声が、少し離れたところから聞こえた。見ると、ドアの側にひとりの男子高校生が立っていた。ブレザーの制服。ネクタイはしていない。髪型や眉毛に、ちょこざいなお洒落(しゃれ)感が漂っている。

整理券の発券機とはまた別種の感慨が湧き起こってきた。これは高一の時の彼氏だ。名前は忘れた。とりあえず一年上の先輩だったことは覚えている。

「まあそれはそれとしてさ。腹減ったから早弁してたら担任に見つかってぇ、『お前昼はなに食うんだ』って言うから、『先生菓子パンおごってくださいょ』って言ったら――」

当時の彼氏は、この通り喋り好きだった。明るくよく喋る男子高校生は、余程のことがない限りある程度モテる。そしてある程度モテる男子高校生は、余程のことがない限り誘惑に勝てない。結果色々めんどくさいことになったので、横っ面をはっ倒して別れたのだった。

感慨というのは、つまりそういうことだ。ああ、もう一発くらいビンタしておけばよかった。

「──で、パン食ったわけ」

「ふーん」

昔の彼氏（名前不明）の隣に立った誰かが、長くかつ内容のない話に低くかつ深い声で相槌を打った。その姿をまじまじと見つめて、

「はあ？」

思わず宏美は声を上げた。

「そう。パンを食べたのね」

彼氏の隣に立っているのは、あの犬だった。昔の彼氏と同じブレザーに、チェックのスカート──すなわち宏美が通っていた高校の制服を着て、その上からコートを羽織って突っ立っている。ご丁寧に手には手袋をはめ、マフラーも巻いている。どういう仕組みかお尻の所から尻尾がぴょいんと伸びている。

よく考えるともっと前から見えていたはずなのだが、全然気づいていなかった。あり得

なすぎる光景故に、脳が認識を拒んでいたらしい。

「宏美、昼いっつも弁当よな」

彼氏が犬に話しかける。宏美は憤慨した。あんなただ制服を着ただけの柴犬を宏美呼ばわりとは何事か。一発と言わず何発でもビンタしてやりたくなってくる。

「わたしお米派だから」

犬が返事をした。真っ赤な嘘である。宏美が弁当だったのは、母が作っては有無を言わさず持たせてきたからだ。まさか捨てるわけにもいかないし、宏美は仕方なく毎日完食していた。

「でさ、宏美これからうち来ん？」

当時の彼氏が、犬にそんなことを言う。自分の話をするのは好きだが、人の話は適当にしか聞かない。ベラベラ喋る男によくあるパターンだ。相変わらずである。いやまあ相変わらずも何も、状況的に当時に戻っているのだが。

「え、やだ。ひとりで菓子パンでも食ってれば」

犬は、相変わらず過剰につっけんどんな態度で応対する。

「え〜まあええやん」

当時の彼氏（宏美が高二になる前に別れた）は、犬の肩に手を回した。宏美本人なら払いのけて睨（にら）みつけるところだ。

「やだって言ってるんだけど」

犬はというと、歯をむき出して唸（うな）り出した。当時の彼氏（よく喋るだけで気は弱い）は怯（ひる）んで後じさる。

そこで、電車が止まった。丁度、宏美の実家の最寄り駅だ。

「じゃああたし帰るから」

犬は電車の運転席に向かうと、滑らかな手つきで運転手さんに定期券を見せる。この駅は無人駅なので、諸々（もろもろ）の手続きは全て車内で済ませるのだが、随分と手慣れている。田舎の電車に乗ったことがなければ、中々できないことだ。

などと感心している場合ではない。宏美は慌ててその後を追いかける。先ほどの母同様、運転手さんには宏美の姿は見えていないらしく、一円も払わずに電車から降りることができた。

「さむいっ！」

降りるなり、宏美はそんな呻（うめ）きを漏らした。今の宏美は部屋着のままである。久々に触れる地元の冬の外気は、ほとんど痛みに近い感覚をもたらしてきた。

「吹（フ）く風が、服（フク）を突き抜けますね。ＹＯＹＯ」

犬が、ひょこひょこと肉球を突き出しながらラッパーを模した動きを見せた。まだヒップホップネタを引っ張るつもりらしい。

「犬が立って歩いて喋って制服着てラッパーの真似するって、得体の知れない存在として最高水準に近いわよね」

「そうですか。できるだけ高校時代の貴方に近づけるよう頑張ったのですが」

何をバカなとよく見ると、意外と再現度は高い。ダッフルコートにブレザー、その下はネクタイを締めずにシャツ（これは高校時代の宏美が不良でわざと着崩していたとかではなく、そもそもネクタイがないのだ）。スカートの丈が少しばかり短いところなど、実際のところをよく反映している。

「まあ、努力の跡は垣間見えるわね。ラッパーごっこはしたことないけど」

「お褒めにあずかり恐縮です」

えへんと胸を反らした犬の頭を、宏美は鷲摑みにした。

「で、これはどういうこと？　部屋もこたつも痕跡さえないんだけど？」

「いたたた」

犬は悲鳴を上げる。耳が可愛らしくぴこぴこ動いた。しかしもう騙されない。

「そもそも、なんでさっき会ったばっかりのあんたが高校時代のわたしのあれこれについて熟知してるのよ。乗っ取ろうと企（たくら）んでその半生を調べ上げたとか？」

「違います。同じ釜の飯を食った仲間とは絆（きずな）が生まれるように、わたしは同じこたつに入った者のことが分かるようになるのです」

「言葉の表現（レトリック）で誤魔化そうとしたって、そうはいかないわよ」

他に人もいない駅のホームで（まさしく無人駅だ）、宏美たちはどたばたする。

「一体なにが目的なのよ！」

「やなことを代わると言ったでしょう。今更高校時代の彼氏と話すなんて願い下げでしょうし、こうして代わって高校時代の貴方になって差し上げているのです」

「そこじゃなくてそもそもの話よ！　なんでわたし高校時代の地元に戻ってるのよ！」

「家に帰るのです。そうすれば分かります」

「はあ？　家？　実家ってこと？」

宏美は戸惑う。まさか、ここから京王線沿線の家に帰れといっているのではないだろう。

「隙あり」

思わず握りしめる力が弱まったところで、犬はしゅばっと宏美の手から逃れた。

「むむっ」

そして、どてっと転ぶ。

「なにやってるのよ」

呆れる宏美である。実にどんくさい。柴犬は元々猟犬のはずなのだが、その面影は僅かにも見出せない。

「この格好だと、動きにくいですね」

何やら言い訳をしながら、犬が立ち上がる。「昔は部活でちょっとしたもんだった」とか言いながら草野球やサッカーに参加したおじさんがいまいち活躍できなかった時、肩で息をしながら繰り出す弁明のようである。

「とにかく、わたしを信じてついてきてください」

前足で服をぽむぽむと払うと、犬はそんなことを言った。

「すぐに帰らずとも、寄り道してもいいのですよ。高校生気分に戻って遊ぶというのも、よいのではありませんか」

駅を出て歩きながら、犬が提案してきた。

「別にいいわよ。その格好で遊び回りたいのかもしれないけど、遊びようがないわよ。缶蹴りでもするの？」

東京のように、ほいほいと行く場所があるわけではない。コンビニやドラッグストアくらいはあるが、放課後をエンジョイする場所ではないだろう。

「缶蹴り！　楽しそうですね！」

「本気にしないで。周囲にはわたしに見えてるんでしょ。いくら十年以上前の雪国でも女子高生が缶蹴りするなんてあり得ないから。やめて。空き缶探しに行かないで」

尻尾を振りながら駆け出そうとする犬を押しとどめながら、周囲を見回す。久々に歩く帰り道は、何だか懐かしかった。

建物が低い。代わりに空が広い。歩いている人が少ない。代わりに車が多い。遠くを見やれば、山がある。駅の近くだからまだ周囲はそれなりに町並みだが、もう少し行けば田んぼが沢山現れるだろう。

高校時代の思い出が蘇る。今振り返っても、上手くやっているとは言い難かった。

髪型から弁当箱まで可愛さで評価されるクラスの空気にも馴染めず、かといって部活動に打ち込む気概もなく、二十分以上の空き時間があると屋上に行ってひとりでいる系女子として過ごしていた。特にグレている訳でもなかったが、持ち前の目つきの悪さで準不良みたいな扱いを受けることとなり、なんとなくで付き合った人気者の先輩を張り倒したことで余計に怖れられ、なんともかんともな高校生活を送る羽目になった。

「で、これからどうなるの。このままてくてく家まで歩いて帰るわけ？」

「心配要りません。犬も歩けば棒に当たるほどです。貴方が歩けばもっと劇的な展開が待っていますよ」

「またその表現の使い回し？　犬の一つ覚えね」

「まさしくバカにされたかのようで大変不満です」

むーっと犬がむくれる。してやったりとにやにやしつつ、腑に落ちない思いはそのままだった。宏美が母の相手を嫌がっているのを解決するということなのだろうが、そのために宏美を時をかける宏美にしてしまう必要がどこにあるというのか——

「え、マジ」

宏美はぎくりとした。向かいから、母が歩いてくる。

「ちょっと、こっち」

宏美は犬の首根っこを捕まえると、手近にあった月極駐車場に飛び込み、大きなミニバンの陰に隠れた。

「この駐車場は他の犬の縄張りです。ちょっと居心地が悪いのですが」

犬が、鼻をうごめかして抗議してくる。

「わたしになりすましてる設定なんだから、犬の世界のルールは無視しなさいよ。——というか、わたしは隠れなくてもいいのか」

　ふと思い当たり、宏美は立ち上がった。反射的に隠れてしまったが、今の宏美はその必要がないはずだ。電車の運転手さんにも見えていなかった様子だし。

「ふふふ、それはどうでしょうね」

　犬が忍び笑いを漏らす。

「冗談です、冗談です。誰にも見えませんよ」

　宏美に頭を掴（つか）まれるや否や、犬は忍び笑いをやめてじたばたもがいた。

「わたしが戻ってくるまで、そこで大人しくしてなさい。変なことしたらただじゃ済まさないからね」

　そう厳しく言い置くと、宏美は車の陰から出る。立ち去るまで、母の行動を見張るのだ。

「しかし、ついてないわね」

　宏美は呟（つぶや）く。

　地元は車社会であり、母も普段は軽ＳＵＶに乗っている（雪国では車高が高い方が何かと便利なので、タイヤが大きく車高の高いＳＵＶを選ぶのは理にかなっている）。だが母は、しばしば「運動しないと」と言ってはこんなクソ寒い日でも徒歩移動することがあった。あろうことか、そこにかち合ってしまったらしい。

母が、宏美の前を通っていく。ダウンコートに、派手な色の髪。リュック。概(おおむ)ね今と変わりないが、宏美が高校生まで戻っているだけあってやはり若かった。雰囲気やちょっとした所作に、十年分遡っただけのものが滲(にじ)み出ている。

母はすたすたと歩く。健康そのものの足取りだ。予想通り、宏美のことは一顧だにしない。

母の向かいから、もう一人の女性が歩いてきた。着ているのは母と同じダウンコート。年齢も大体同じ。髪の色も明るい。ただ、遠目にも分かるほど雰囲気が違った。

まず、金がかかっている。服も髪も鞄(かばん)も、それぞれかけた費用は母のものと比較してゼロが一つ以上多いだろう。

そして、気取っている。スニーカーでのしのしと歩く母に対して、かかとの高い靴でしゃなりしゃなりと歩いている。

宏美はこの女性を知っている。当時のクラスメイト・津澤有紗(つざわありさ)の母親だ。

宏美母と有紗母も何かのついでで顔を合わせて面識くらいはあるはずなのだが（何しろどちらもインパクトがある）、会釈もしない。明らかに互いに互いを認識しているはずなのに、一切反応しない。変な緊張感が、宏美のいるところまで漂ってくる。

すれ違う寸前、有紗母は宏美母にちらりと目を向けた。瞬時に持ち物その他一式を品定めし、「あらお安い」という表情を見せる。

そして前を見て笑った。「わたし、今とっても勝ち誇ってます」と高らかに宣言するような、そんな笑顔である。

宏美母もその宣言を受け取ったのか、すれ違うや否や振り返って睨（にら）みつけた。そして、睨みつけたまま歩く。田舎のヤンキー流のガンの飛ばし方だ。それもそのはず、母は田舎のヤンキー出身である。高校時代のアルバムには、スケバン（などと当時は称したらしい）としてその名を福鉄沿線に轟（とどろ）かせた母の勇姿が記録されている。

「あら、蟹江さんのお母さん」

有紗母が立ち止まって口を開いた。

「すいません、気づきませんで。この辺りの人って、着てるものも雰囲気も似てらっしゃるから」

『田舎者だから』という言葉を透け透けのオブラートで包みつつ、有紗母が振り返る。

「腹立つ言い方やなぁ。喧嘩（けんか）売っとるん？」

宏美母も、足を止めた。睨みつけたまま、有紗母の方に向き直る。

「言い方ですか？　ごめんなさい。この地方の言葉、難しくて。難しくてえ、でしたっけ」

わざと下手くそにイントネーションを強調して、有紗母が言う。

——実際、津澤一家は地元の人間ではない。中学校の頃、金融機関に勤める父の転勤に伴い、ここにやってきたのだ。

「うちの子も、中々馴染めなかったみたいですけど。ありがたいことに、みんなに良くしてもらってるみたいで」

津澤有紗という女子は、母同様山の手な空気を纏(まと)っていて、また見た目も中々だった。

「みんなに良くしてもらってる」というのは、母親のひいき目ではなかった。

田舎でも可愛(かわい)い子はモテる。おしとやかな雰囲気のお嬢様ならなおモテる。モテる女の子は相手をしっかり選ぶので、彼女の彼氏はよく喋(しゃべ)るだけのしょうもない先輩などではなく、バスケ部のエースやら旧家の息子やら華々しい人間ばかりだった。

「蟹江さんのお子さんとは、どうだったかしら」

有紗母が言う。どうだったかというと、ほとんど話さなかった。互いに明らかに反りが合わないことが分かっていたので、はなから近づかなかったのだ。今目の前で鍔迫(つばぜ)り合いを繰り広げている親たちよりも、よほど大人な対応だったと言える。

「ああでも、うちの子には蟹江さんはちょっと刺激が強すぎるかも」

有紗母が、にやりと笑った。

「蟹江さん、ワイルドだから。よく屋上で授業をサボってるんでしょう？」

宏美母が、くわっと目を剝いた。

いたたまれなくなり、宏美は下を向いた。別に授業はサボっていないが、そう誤解されがちだったのは事実だった。自分が母親にみっともない思いをさせているという光景を見るのは、何だかとても——情けない。

「ほやろねぇ」

一方。宏美の母は、これ以上ないくらい胸を張っている様子だった。

「うちの子は確かにヤンキーかもしれんけど、どっかの子みたいにいい子ぶってて腹の中でなに考えてるか分からないようなのとは付き合わんし」

はっ、と宏美は顔を上げる。宏美母の指摘は、凄まじく正鵠を射ていたからだ。

津澤有紗は、おしとやかな雰囲気のモテる女の子である一方、クラスのボスにしていじめっ子だった。彼女の機嫌を損ねた女子は的にされ、バリエーション豊かな嫌がらせを被った。ターゲットにされるのも、外されるのも有紗の気分次第。高校三年間を通して、有紗は暴君として教室に君臨していた。

宏美はどう対処していたかというと、クラスの中での諸々の立ち位置——今で言うカーストの外にいたので、まったく気にせずいじめられっ子とも話していた。家に連れて行ったこともあるし、今でも仲がいい。母より遥かにＬＩＮＥのやり取りをしているほどだ。

宏美は母にクラスがどうだみたいな話をしたことはない。そもそも反抗期真っ盛りだったこともあり、今に輪をかけて会話がなかった。しかし、母は様々な様子を見抜いていたようだった。多分、母は宏美が思っていたよりもずっと宏美のことを見ていて、色々察していたのだろう。

「あなた、一体、なにを」

有紗母は喋ろうとして、言葉に詰まった。喧嘩にあっては、ほぼ負けである。何と無礼な決めつけなのか——そう言うだけで反撃になるのに、それさえできていない。

おそらく自分の娘の素行について、薄々勘づいてはいるのだろう。であれば、真っ当な反応だとも言える。後ろめたいことをいきなり指摘されて、それでもすぐに言い繕えるような人間は、悪い意味で常人ではない。

「それでは、わたくし用事がありますので。ごめんあそばせ」

まあびっくりするほど陳腐な言い回しを残すと、宏美母は立ち去った。有紗母も、悔しげに体を震わせている。

宏美は、その場に立ちつくしていた。胸が、不思議に温かい。

誇らしい——のだろうか。宏美の母は、ろくに話をしようともしない宏美のことを信じてくれていたし、自分はその信頼を裏切っていなかった。そう思うと、よく分からない温かさが胸に染み渡っていく。

「――え？」

瞬間、先ほどの光が宏美の周囲を包み込みはじめた。周囲の風景を飲み込み、何も見えなくなっていく。

「ちょっと、なによこれ！　眩しすぎなんだけど！」

抗議する宏美だが、光はどんどん強くなっていく。そして周囲の世界が白一色になったかというところで――突然消えてなくなった。

辺りを見回す。そこは宏美の部屋でもなければ、石灯籠が続く暗い参道でもなかった。

「またかい」

思わず呟く。そこは、やはり地元だったのだ。

相も変わらず遠くの山まで見える見晴らしのよい風景。少し離れた所には、一軒の中華料理店がある。年季の入った看板と店構え。その割に薄汚れてはおらず、小綺麗だ。その名は陽龍亭。すなわち、宏美の実家である。

店の壁には、「北陸最強の炒飯！」という売り文句が写真付きでどんどんと貼り出されている。地域を限定していることでかえって大口を叩いている感が増しているが、必ずしもはったりではない。陽龍亭は知る人ぞ知る名店であり、グルメサイトでも好意的なレビューと高い星の数を獲得している。

色々難儀な母だが、料理の腕は宏美から見ても間違いがない。宏美は、中華料理店に行っても炒飯を頼まない。母の炒飯より美味しいものがでてきたことがないからだ。

サクラ疑惑をかけられたこともあるそうだが、噴飯ものである（炒飯とかけているわけではない）。当人のデジタルスキルからして、サクラを動員することは不可能である。何しろ母ときたら、客がスマホで料理の写真を撮る意味さえ分かっていなかったほどで、隣の県の人間が技術を盗みに来ているのかと誤解して詰問したことがあるらしい。

その話をグルメサイトの口コミで見かけた時、宏美は恥ずかしさのあまり謝罪の書き込みをしかけた。書き込んだ人は怒ったりせず、むしろ好意的に受け取ってくれていたが、事と次第によっては炎上しかねない接客態度である。

まあ、それについては今はいい。問題は、なぜそんな実家に帰るにあたって仰々しい場面転換がなされたのかということだ。単に移動するなら、引き続きとことこ歩けばいいだけの話である。

「ゆく河の流れは絶えずして、しかももとの水にあらず」

横から犬の声がした。古典文学で誤魔化すなと言いかけた宏美だが、犬の姿を見るなり出てくる言葉は全面的に変更となった。

「なによ、その格好」

明るい色で可愛らしく、花を散らした模様のワンピースを身に纏(まと)っていた。これは高校生時代のものではない。この服は、大人になってから——しかも結構してから買ったものだ。そして、今は決して着ない服である。

「川の流れの如(ごと)く、変化したのです」

犬がそんなことを言う。しかし、その頭を締め上げることさえできなかった。なぜなら、その服は、その服は——

「おや、扉が開きましたね」

立ちつくしていると、犬がそんなことを言った。見ると、確かに店の扉が開いている。慌てて隠れる場所を探しかけ、隠れなくてもいいことを思い出す。

「誰か出てきそうですね」

犬はというと、宏美の隣でのほほんと立っている。

「あんたは隠れなさい！」

「——あっ！」

犬を車の横に押し込んでいると、店の方から母の声がした。続いて何かがかしゃんと倒れる音がする。

何事かと見てみると、母がその場に転んでいた。傍らにあるのは、松葉杖（まつばづえ）である。右足には、ギプスをはめていた。松葉杖をつきながら店から飛び出そうとして、そのまま転んでしまったらしい。

「いたた」

立ち上がろうとして、母が悲鳴を上げた。見ていられない。

「ちょっと、お母さん」

宏美は飛び出して声を掛ける。しかし、母は反応もしない。——そうだ、母に宏美の姿は見えないのだ。

「もう、なにをやってるんですか」

宏美がおろおろしていると、その脇からひとりの女性が母に歩み寄った。

「安静にしろって言われたのに、徹頭徹尾安静と程遠いですね」

有紗母だ。かつての押しつけがましいお洒落（しゃれ）さからは随分毒気が抜けて、品の良い（い）マダムといった感じの範囲に着地している。

「やかましわ！」

毒づくと、母は松葉杖を支えに立ち上がり、杖をついて歩き出す。そのペースはどう考えても速すぎて、母は再び転倒した。

「やれやれ、見ていられませんね」

有紗母は、すっころんだ母に肩を貸す。いつの間にか、仲良くなっていたらしい。そんな話、聞いたこともなかった。――いや、当たり前かもしれない。自分から母に話を聞くことなど、ずっとなかったのだから。

「――すまんねえ」

母は大人しく肩を貸されると、立ち上がった。

「あの子に、ひどいことしてもたわ。あたしが怪我なんてしなけりゃ、こんなことには」

そんな母の言葉が、ある記憶を鮮やかに蘇らせる。このワンピースと共に奥深くしまい込んで、二度と取り出すことはなかった――そんな思い出だ。

――何年か前のことだ。本気の恋愛を、したことがあった。一緒にいるだけで幸せだった。結婚も、真剣に考えた。

相手も、それに近い気持ちでいたとは思う。しかし、互いの心にはいつしかズレが生じ始めていた。

気づいていないわけではなかった。ＬＩＮＥはいつも宏美から送っていたし、彼の返事にはスタンプのみのものが増えていた。彼はひとりで出かけるようになっていたし、宏美が誘うと「行けない理由」があることが多かった。

それでも気づかないふりをしていた。いいところばかり見ようとして、なかったら見つけ出そうとして、必死だった。

そう。あの頃の宏美は、本当に必死だった。目つきの悪さをどうにかメイクで隠そうとしたり、彼の好みのファッションを研究したり。可愛いねと言われたくて、君が一番だと言われたくて、頑張っていた。

着ている服に、もう一度目を落とす。花柄のワンピース。これもそうだ。元々さして花柄が好きというわけでもないけれど、彼が「いい感じ」だと褒めてくれた。今もその言葉を思い出せる。声まではっきりと思い出せる。場所も、その時の空気の手触りさえも思い出せる。それほどまでに、大切だった。それほどまでに――好きだった。

関係が終わったのは、母が結構派手に足を怪我したのが理由だった。丁度連休が近かったこともあり、宏美は有給を取って面倒を見に行った。彼とのデートの予定があったのだが、母がしばらく店を閉めるにしても色々その準備が大変でと泣きつくので、仕方なくそうしたのだ。

彼は、いいよ行っておいでという風に言った。しかし、その頃から更に距離が生まれた。そして、ある日遂に言われた。

「相談もしてくれなくて、一方的に決められて。手伝ってくれとも言ってもらえなくて。なんだか、そういうのでさ」

どこか、探していたきっかけを見つけたかのような雰囲気があった。自分が悪者にならないよう、微妙に物言いをコントロールしている感じもあった。

気づいていながら、宏美はそれを認めなかった。自分が悪かったと謝った。できる限り譲歩するという話もした。すがるようなことさえした。それでも、彼の態度は変わらなかった。既に他に親しい女性がいたということを知ったのは、別れを告げられてわりとすぐのことだった。

宏美にとっては、一緒にいるだけで幸せな、結婚も考えるほど大切な相手だった。しかし、相手にとっては違っていた。ただそれだけの話で、ただそれだけの話だからこそ、宏美は徹底的に打ちのめされた。

今の彼氏と一歩踏み出せないのも、もしかしたらこの経験が大きいのかもしれない。つらすぎる失恋は、心の形を変えてしまう。普段は気づかないほどに、少しだけ。そして元には戻らないほどに、はっきりと。

「すごい怒られたんよ」

母が、哀しそうに言う。そう、宏美は抱えきれないつらさをＬＩＮＥを通して母に投げつけた。今から思えばあまりにひどすぎる言い回しで母を責め、それから嘆き悲しんだ。

「ＬＩＮＥの電話をかけてもいるんやけど、全然でなくて。調べてみたけど、ちゃんとかけられたかも分からんで。仕方ないから、東京に行って直に話そうと思って」

母が、力なく言う。こんなに自信なさそうに話す母を見るのは、生まれて初めてかもしれない。

「店から出た瞬間に転ぶ人が、東京に辿り着くわけないでしょう。とりあえず中入って、スマホを見てみましょう。ほら、めそめそしない。化け物感が増える一方よ」

ややこの辺りのイントネーションが混じった憎まれ口を叩きつつ、有紗母が宏美母を連れて店へと入っていく。

宏美は俯いた。母からのＬＩＮＥ通話は、ちゃんとかかってきていた。単に、宏美は無視したのだ。言いたいことを言いっぱなしで、そのままやり取りを打ち切ったのだ。

その後はどうなったか。しばらくして頭が冷めてから、またメッセージを送り、そのまま何となく元に戻った——という流れのはずだ。

済まない気持ちで、一杯だった。母が一生懸命調べてかけてきた初めての通話を、この時の宏美は決して取ろうとはしなかった。デジタル難民（ディヴァイド）な母が頑張ってかけてきてくれたというのに、言いたい放題言うだけ言って、そのまま背中を向けたのだ。

——今となっては、分かる。母は、自分のせいだと気にしていたのだ。だから「彼氏ができないのか」と言い出したり、それがお節介なことに思い当たって黙り込んだりしていたのだ。

靴の向き。洗い物。トイレのヒーター。思えば母のお小言は、どれも宏美を心配してのことだった。宏美はそれを真面目に受け取ることもせず、ただただ鬱陶しがってばかりいたのだ。

「これを、見せたかったの」

宏美は呟（つぶや）く。

「そうですね」

犬が傍らに立つ。あのワンピースを着たままだ。川の流れ云々（うんぬん）、という話を思い出す。見た目はふざけているが、これもまた時の流れを表していたのだろう。高校時代の宏美、大人になった宏美。反抗的だった宏美、傷ついた宏美。一方で、母はどうだっただろう。

変わらずに、気に掛けてくれていたのではないか。いつでも、心配してくれていたのではないか――

――そして、気がつくと宏美はあの空間に戻ってきていた。どこまでも続く石灯籠、放たれる温かい光。

「どうしたら、いいんだろう」

宏美は呟く。後悔が、胸に重くのしかかっている。

「手紙です」

傍らには、犬がいた。

「手紙を、書くのですよ。人が気持ちを伝えるのにはそれが一番だと――わたしは、思います」

言葉と共に目の前に現れたのは、あのこたつだった。今いる場所はこたつの中であるはずなのだが、同じこたつがある。マトリョーシカこたつといった感じだろうか。

板の上には、ボールペンと便箋、そして封筒が置かれていた。

「手紙、か」

母に真面目に手紙を書いたことなど、多分ない。小学校だか中学校だかでそういうものを書く授業もあったはずだが、ひねくれた子供だった宏美は真面目に書かず、高校時代の母が甲信越最強のスケバンと死闘を繰り広げる小説を提出して先生に怒られた覚えがある。

「わたしは少し休ませてもらいます。八面六臂の大活躍で疲れました」

そう言うと、犬はこたつに入った。

「八面六臂って自称するもんじゃなくない？——っていうか、なにそれ」

一通り突っ込んでから、思わず宏美は噴きだしてしまった。犬のこたつの入り方がおかしいのだ。

「わたしが疲れを癒やすときの入り方です」

そんなことを言う犬は、こたつに頭から入りお尻を突き出している。足は、カエルか何かのように開いている。尻尾がゆっくりぱたぱたしているのが、また何ともおかしい。

「頭のぼせない？　脱水で死んだりしないでよ」

「少しくらいなら大丈夫です。伊達にこたつ犬をやっているわけではありません。さあ、書きましょう」

「——分かったわよ」

促され、宏美もこたつに入った。足元に、犬の気配と息づかいを感じる。

ペンを手に取り、宏美は考える。宏美が生まれてすぐに離婚してからというもの、北陸最強の炒飯を武器に女手一つで宏美を育ててくれた母。バカにされたら、かばって喧嘩してくれる母。遠い遠い地元から、様子を見に来てくれる母。

「差し出がましいことを言うようですが」

こたつの中から、犬が言ってくる。

「貴方はお母さんの相手を嫌がってはいても、お母さんを嫌っているわけではないように感じられました。わたしが代わった時には慌てふためきましたし、お母さんが倒れた時には一も二もなく駆け付けようとしました」

首を上下に振る。声に出して答えるのは、恥ずかしい。代わりに、ペンが進む。時々書き損じてはぐりぐりと塗りつぶし、ちょっとくらいなら上から書き直す。母への手紙だ、綺麗さにこだわることはない。見づらくても、字が荒くても、分かってくれる。気持ちを、受け取ってくれる。

いつの間にか、文章は書き上がっていた。びっくりするほど素直に感謝を綴っていて、読み返しているうちにびりびりに破り捨てたくなったが、すんでのところで思いとどまる。渡すと後悔しそうだが、渡さなければ——もっと後悔しそうだ。

便箋を封筒にしまう。封筒は横向きで、止めるためのシールも机の上にあった。可愛い柴犬がデザインされたものだ。微笑みつつ、シールを台紙から剝がし封筒を留める。

――瞬間。ごちん、という音が響いた。

「へ?」

音のした方を見る。そこには、母がいた。――そう、母が。

「なに、どういうこと」

仰天して、周囲を見回す。そこは宏美の部屋だった。犬宏美の姿はない。こたつさえない。母と宏美の間にあるのは、姿を消していたはずのちょっとお洒落なちゃぶ台だ。

「いったあ」

母が、呻き声を上げる。頰杖をついたまま寝て、手の平から顔がズレてちゃぶ台にぶつけたらしい。

「なに、なにどうなってんの」

母が、寝ぼけた声で言った。

「それはこっちの台詞よ」

そんな言葉が口をついて出た。宏美がこたつに吸い込まれるまさにその時、母はがくりとなりかけていたはずだ。こたつの中で相当な時間を過ごしたはずなのに、戻ってみたら母が顔をぶつけるまでの一瞬しか経っていないというのか。

「まーた怒っとる」

母が、唇を尖らせた。そしてそっぽを向いてしまう。

「あ、いや。怒ってはいないけど」

正直、分からないことだらけだ。犬がいないことも、こたつがないことも、時間が経っていないことも。

「あの」

だが、一つだけ分かることがある。

「ところでさ、お母さん」

今、言わなくてはいけないことがある。

「なに」

母が、そっぽを向いたまま言ってくる。さすがの母も、ふて腐れてしまったようだ。

「えっ、と」

何だか急に、上手に言わなくてはならないのではという気負いが生まれてくる。そんなに肩に力を入れるべき場面でもないのだが、普段しないことだけにどうにもしゃちほこばってしまう。

「――また炒飯食べに帰るね」

結果。出てきたのは、何ともひねくれた一言だった。

「あら」

母が、今度は目を見開いた。

「嬉しいこと、言ってくれるやない。そりゃあ食べたくなるわねぇ、北陸最強やし」

そして、ぱあっと笑う。どっと押し寄せる照れくささに、宏美は目を逸らした。

「ねえねえ、もう一回言うて」

母が、身を乗り出すようにしてそんなことをせがんでくる。

「言わないし」

「いいやん。減るものじゃないやろ」

「増減の問題じゃないし」

「ほらほら。さんはい。『お母さんの炒飯、世界で一番大好き。また食べたい』」

「そんな言い方しとらんし」

ついうっかり、訛り——否、お国言葉が出た。

「お、ようやくお国言葉を話す気になった?」

母が、ますます調子に乗る。

「いいやんいいやん、もっとかましていこさ」

「え、やだ」

すぐに話し方を戻す。これ以上母を調子に乗らせたくないし、それに何かこう、いきなり仲良し親子になってしまうのにも抵抗がある。

「こたつだって、電気を点けてすぐに暖まるわけではないですからね」

そんな声が、耳の中に響いた気がした。辺りを見ても、やはり犬はいない。

——直接お礼を言いたかった、なんてことを思う。根拠があるわけではないが、多分もう会うことはないような気がする。

「なに、ぼーっとして」

母が、怪訝そうに聞いてくる。ううん、と適当な返事をしつつ、宏美は気になっていたことを聞いた。

「そういやさ、お母さんってLINEのスタンプがいっつもデフォルトの白いやつとか熊とかだよね。そんなに気に入ってるの？」

「そうでもないんやけど。使い方分からんし」

母が、しょぼくれた顔でスマートフォンを触る。

「仕方ないなあ」

楽天のマスコットキャラクターであるパンダ——お買いものパンダ（最近知ったことだ

が、あのパンダの正式名称は楽天パンダではない）の有料スタンプを一つ選び、ギフトとして母へ贈る。季節に合わせてか、冬のタイプのものだ。

「なにこれ。あんたのＬＩＮＥからなんか変なの来たわ。ウイルス？　フォーユーって書いてあるんやけど」

母が狼狽える。

「いいからてんってしなよ」

母は恐る恐る画面をタップした。

「あらあ、楽天パンダじゃない。スタンプ？」

「そうよ。ちなみにお買いものパンダね」

「楽天パンダが雪玉投げてる！」

「お買いものパンダ」

「楽天パンダのスタンプ、高いんやないの。いいんか」

「高くないよ。ＬＩＮＥのスタンプって百円とか二百円の世界だから。遠慮しなくていいよ」

遂に正式名称への訂正を諦めつつ、宏美は微笑んだ。

「まあとにかく、喜んでくれたならなにより」

「嬉しいわぁ！　楽天行ったりなんか買ったりするの、大好きやし！」

母はというと、テンションぶっちぎりである。スタンプ一つでとんでもないリアクションだ。ここまで喜ばれたら、宏美としても気を良くしてしまう。

「そういや、楽天のアプリ入れないの？　アプリから買い物するとポイント〇・五倍プラスされるよ」

先ほどは面倒に思えたアプリの話も、何だかするっと自然にできた。

「それ、なんか宣伝は見るんやけど、ようう分からんし」

母がしゅんとする。インストールしたいとは思ったが、難しそうで断念した——といったところか。

「インストールしてログインするだけだから簡単だよ。——ほら、まず『アプリ取るとこ』にいくでしょ」

宏美は、自分のスマートフォンの画面を見せながら説明する。

「うん、うん」

母は、宏美のスマートフォンと首っ引きで自分のスマートフォンを操作する。アプリのインストール、メールアドレスとパスワード（やっぱり中々思い出せなかった上に、宏美の誕生年月日だった）と、一歩一歩根気よく進める。

「あ、ログインできたね。あとは――」

ようやく一段落というところで、いきなり宏美の画面にプッシュ通知が現れた。

【まもる：そっち行くーああ犬飼いたい～散歩してるの見】

途中で切れているが、頭の中身を整理せず垂れ流したのはよく分かるメッセージである。

「え？　まもるって誰？　男の人？　来るの？」

母が目を見開いた。

「いや、これは」

宏美は言葉に詰まる。男の人も何も今の彼氏である。

「なんやのあんた！　おかしいと思ったらやっぱり新しい彼氏おるんやない！」

「だから――」

「どんな人なん！　教えねの。まさかホストじゃないやろね？　東京で女性が一人で歩いとると、ゴールデンボンバーにいそうな顔のホストが声をかけてくるんやろ」

「どういうイメージよ！　そもそもホストじゃないし。東京だからって道を歩けばホストに当たったりしないわよ」

母が、にまーっと笑う。（さっきの犬に影響を受けた）宏美の表現が面白かった、わけではなさそうだ。

「ホストやなくても、彼氏ではあるんやね」

「あっ」

宏美は息を呑む。狼狽えるあまり、ヘマをやらかしてしまった。まさか、母如きにカマをかけられてしまうとは。

「写真あるの？　見せなさいよ。っていうか今から来るんやね。ほら、わたしがお皿洗っておいてよかったやろ。ちょっと、わたしももう少ししっかりお化粧しとればよかった」

ぶっちぎりを更にぶっちぎったテンションで、母がまくしたててくる。

「あーもー、このしゃべりばち！　やっぱめんどくさいわ！」

再びのお国言葉で、宏美は叫ぶのだった。手紙を渡せるのは、はてさていつになることやら。

第二話　テレワークとこたつ

テレワーク。様々な職種で導入された、「改革的な働き方」だ。

そのきっかけとなった感染症が落ち着いていっても、あちこちの企業で採用し続けられた。やはり様々な面で効率がよいのだ。

そして野木香苗（のぎかなえ）が勤める会社もまた、テレワークを積極的に活用していた。

「さて、と」

香苗はＰＣの前に座り、Ｚｏｏｍソフトを立ち上げる。設定画面を開き、オーディオ項目でマイクテストを実行する。

「マイクテスト、マイクテスト」

マイク機能付きのワイヤレスイヤホンを耳にはめ、香苗は声を出した。

『マイクテスト、マイクテスト』

しばらくしてから、香苗の声がイヤホンから再生される。マイクもイヤホンも問題ないようだ。

　次に、三脚付きのリングライトをＰＣデスクの上に置き、電源を入れた。光量強め設定のＬＥＤライトが、質量さえ感じさせる眩(まぶ)しさをぶち当ててくる。

　Ｚｏｏｍのカメラ設定の項目で、自分の写り方を確認する。カメラの角度、問題なし。光の当たり方、多分こんな感じ。バーチャル背景、オフィス風でお洒落(しゃれ)。メイク、頑張った。髪、ちゃんとできてるはず。服、店員さんが似合うって言ってくれた。

　少し体を動かしてみる。Ｚｏｏｍは、映っている人間が体を動かした時にバーチャル背景がおかしくなり、部屋の一部が映り込んでしまうことがある。その確認だ。人によっては後ろにカーテンのような布を垂らしてバーチャル背景がしっかり機能するようにする人もいるというが、香苗のワンルームでは中々実現しづらいのでやっていない。

　一通り確認は済んだ。会議の時間まであと五分。準備は万全オールＯＫと言いたいところだが、一つ問題がある。――表情だ。

　目が死んでいて、口角にも力がない。オールＯＫというより完全ＫＯだ。新卒で入社して二年目。随分とＷｅｂ会議にも慣れたはずなのだが、最近こういうことが多い。気が緩んでいるのだろうか。

「たるんでちゃダメよ」

　声に出して自分を励ます。自分で自分に呼びかけるのはいいことだ、という記事をＳＮ

Sで読んだ。ただの独り言ではなく認知行動療法の一種であり、感情のコントロールや成果を出すことにポジティブな影響があるらしい。自分で自分の体を抱くセルフハグなど、色々な方法があるのだという。

「今日も頑張ろう」

自分に再び呼びかける。画面に映る香苗の瞳に、当たっているLEDとは別種の光が宿った。口角にも力が戻り、仕事をするのにふさわしい表情に変わる。今日は抱きしめるところまで必要なかったようだ。

笑顔を練習しておく。相手にいい印象を与える、社会人らしい笑顔だ。対面のやり取りでは、表情や仕草といった言葉とは別のものによって伝わる情報が実に九割を占めるという。笑い方一つとっても、手は抜けない。

「よし」

キッチンに行くと、マグカップにミネラルウォーターを入れる。喋（しゃべ）りっぱなしだと口や喉が渇いてしまうからだ。あまり目立つデザインのものだと「真面目に仕事をする気があるのか」と疑われてしまいそうな気がして、無地の黒いものにしている。

PCの前に戻ると、香苗は会議のURLに接続した。画面が開き、同じ課の同僚たちが何人も画面に現れる。

「こんにちは」

香苗は、にこりと笑って挨拶をした。画面に映った何人かが、挨拶を返してくる。普段はここから少し雑談があったりもするのだが、今日はタイミング良く次々に参加者が接続し、全員が揃(そろ)った。

「はい、それでは少し早いですが会議を始めましょうか」

そう言ったのは、課長の久保(くぼ)だ。落ち着いた物腰のいわゆるイケオジタイプで、女子社員からも人気がある。ここだけの話、香苗も内心ちょっと素敵だなあなんて思っている。

久保が取り仕切る形で、会議が始まった。同僚たちは活発に発言する。その内容に耳を傾けながら、香苗はＥｖｅｒｎｏｔｅ——ＰＣのメモソフトに内容を書き留めておく。Ｅｖｅｒｎｏｔｅはスマートフォン版のアプリもあり、両方で内容を共有できるようになっているのだ。

「さて、若い人の意見も聞いてみたいな」

ひとしきり話が進んだところで、久保が言う。香苗は、居住まいを正した。その「若い人」が指すのは部署の中で最年少の社員——すなわち香苗のことだ。

画面に映る同僚たちが、香苗に視線を向ける。いや、基本的にみんなずっと画面を見て話すのでぱっと見変わりはないのだが、空気というもので伝わってくる。たとえオンラインでも、人が集まればそこは「場」であり、「場」にはその「場」の「空気」というものが生まれるのだ。

香苗は、メンバーたちの中にある自分の顔――Ｚｏｏｍでは画面に自分のカメラの映像も映すことができる――を確認する。よし、問題ない。

「わたしが思いますに、競合他社を過剰に意識するよりは、我が社の長所を伸ばすことを念頭に置いて――」

喋っているうちに、香苗は何とも言えない違和感にとらわれた。メンバーたちの表情が、それぞれ違うのだ。きょとんとする人、オロオロする人、苦笑する人、視線を逸らす人。実に様々だ。そんな個性豊かな反応を引き出すような話をしている、というわけでもないはずなのだけど。

「野木さん、野木さん」

同僚の一人、今川雄司が手を小さく挙げながら声をかけてきた。課の中ではかなりチャラい雰囲気を醸し出す彼だが、今は割合真剣な様子だ。

「マイクミュートになってるよ」

はっとして、香苗は画面の下の方を見る。すると、マイクのアイコンが赤色になり斜線も引かれていることに気づいた。紛うことなきミュート状態である。

慌ててマウスを操作し、ミュートを解除する。Ｚｏｏｍは、最初会議室に参加する際マイクが自動でミュートになる。いつもはきっちり解除しているのが、今日に限ってすっかり忘れていた。ああ、なんたる失態。

「Ｚｏｏｍって、設定すれば毎回最初にミュート解除しなくてもいいよ」

そんな説明をしてくれたのは、先輩の蟹江宏美だ。とても優秀な人で、同時にめっちゃ怖い人でもある。

「Ｚｏｏｍの設定のオーディオのところに『ミーティングの参加時にマイクをミュートに設定』って設定あるから、そこのチェック外すといいよ」

説明自体は、ＰＣの操作に慣れない高齢者にするような丁寧で分かりやすいものだが、その目はモニタ越しでも見返せないほどに怖い。説明が丁寧でも怖いものは怖い。もし公民館でやっている「たのしいパソコン教室」の先生がこんな目をしていたら、習いに来たおじいさんが心臓発作を起こして死んでしまうだろう。

宏美は高校時代ヤンキーで、浮気をした彼氏を単車で轢いたという噂を聞いたことがある。もしかしたら、事実かもしれない。今も、その鋭い眼差しがインターネット回線を通じて香苗を轢殺してくる。

「分かりました。次回までに、設定しておきます」

どうにか平静を装いながら、香苗はそう答えた。今設定画面を開いてあれこれしては、かえって迷惑である。宏美が「まずはお前の頭の中身を設定しろ」とか言ってくるかもしれない。

「そっかあ。野木さん、毎回入る度に手動でミュート解除してたのかぁ」

「最初に教えておけばよかったね」

「もうＺｏｏｍの使い方を最初から教えたりしないしなぁ。使えること前提になって長いよね」

同僚たちがフォローしてくれる。それにぺこぺこと頭を下げながら、香苗は忸怩たる思いを噛みしめた。

――香苗は、いつもこうだ。色々調べて万全を期しているのに、何か肝心な所が抜けているのである。

たとえば、入社試験の最終面接の時もやらかした。『最近読んだ本はなんですか？』と聞かれたことがあった。勿論これへの回答もしっかり用意していて、専攻していた経済学関係の書籍の名前を挙げ、内容や今その本を読んだ意味についても聞かれれば要約して話すつもりだった。しかし実際には、なぜかバカ正直に最近読んだ面白い小説のタイトルを答えてしまった。

香苗が「双葉文庫から刊行されている、橘ももさんの『忍者だけど、ＯＬやってます』シリーズの二巻『オフィス忍者合戦の巻』です」と述べるなり、面接会場はざわついた。そのざわつきに狼狽えた香苗は、更なる失態を重ねた。面接官が「あなたは我が社に忍術で貢献してくれるということなのでしょうか」と訊ねてきたのに対し、それがユーモアだとも気づかず「作品の主人公は忍びの里出身ですが、わたしは地方の中核市出身でして、残念ながら忍術を身につけてはおりません」と再びバカ正直に答えてしまったのだ。なぜ面接をパスしたのかは永遠の謎だが、きっと「忍者だけど、ＯＬやってます」のお陰だろうと思い、シリーズはしっかり全巻揃えている。

なんていうエピソードは序の口である。歓迎会で面白いジョークを言おうとして滑った話、客先でやらかした話、自社の重役を通りすがりのおじさんと間違えた話など枚挙に暇がない。

「はい、失礼しました。えーと、それでは、自分の考えですけれども」

香苗は、必死で喋る。どんくさいのは昔から。間が抜けているのは生まれつき。せめて一生懸命頑張って、できるだけ取り返すのだ。そうしなくては、ならないのだ。

「お疲れ様でした。失礼します」

会議が終わり、香苗は会議室から退出した。すぐに、宏美に教わった設定を確認する。オーディオの設定の下の方に、宏美が言った通り「ミーティングの参加時にマイクをミュートに設定」という設定があり、チェックが入っていた。初期設定でそうなっているようだ。

チェックを外しながら、香苗は落ち込んだ。ここは、毎回マイクとイヤホンのチェック時に見る場所だ。それなのに、気づいていなかった。もう入社二年目なのに。Web会議にも慣れたはずなのに。未だに、Zoom一つまともに使いこなせていない――

「――えっ」

泣きそうになり、自分でびっくりする。そこまで怒られたわけでもない。先輩の目が怖かったから、というわけでも多分ない。だというのに、どうしてこんなにも参っているのか。

香苗はPCの電源を切る。イヤホンを両耳とも外し、デスクの上に転がす。本当なら取ったメモを見返して会議の内容を反芻しなければいけないのだけど、どうしてもそうする気にならなかった。

お風呂に入ろう。お湯を張って、ゆっくり浸かろう。そうすれば、自律神経がリラックスして気持ちが楽になる。そして晩ご飯を食べよう。それからホットミルクをゆっくり飲もう。気持ちが落ち着くような音楽を聴こう。何か小説を読もう。それから、それから

——

「あれ？　どうしたんだろ」

おかしい。気分転換するためのあれこれを考えているのに、気持ちが全然休まらない。むしろ、余計に引き絞られていくような気がする。まるで輪ゴムを両側から引っ張るように。ぎゅっと、ぎゅうっと。

チェアを回転させPCに背を向けると、香苗は立ち上がった。何だか、やばい。本当によくない状態になりつつある気がする。

「えっ」

そして固まる。

そこには、こたつがあった。香苗はこたつなど持っていない。だというのに、忽然と出現し香苗の住むワンルームのど真ん中を占拠している。

こたつには、犬が入っていた。もふっとした雰囲気の柴犬だ。人間のように、座って入っている。丁度こたつを挟んで反対側、香苗と向かい合う位置にいる。

「会議、お疲れ様です」

犬は、渋いバリトンの声で香苗をねぎらってきた。人の言語である。

「大変」

香苗はスマートフォンを取り出し、心療内科の診療所を探し始めた。気持ちが休まらないどころか、幻覚が見えてしまっている。速やかに専門医に相談し、適切な治療を受けなければ。

「まあ、まあ。大丈夫ですよ。あなたはなにもおかしくなっていません」

犬はこたつから前足を出し、手の平のように香苗に向けてくる。人間がまあまあという時にやる仕草だ。ぷにぷにしてそうな肉球が見える。

「幻に正気を保証されても信頼性ゼロです！」

香苗は悲鳴を上げた。むしろ余計危険度が高いんじゃないのか。

「――はっ。幻と会話するとよくないんじゃ。余計に妄想の世界に深入りしてしまったりするんじゃ」

香苗はブラウザで新しいタブを開くと、検索を始める。「幻覚　会話　してはいけない」「幻覚　話す　危険」「犬が日本語で話しかけてくる　病気」。

「大丈夫、大丈夫ですから。とりあえずこたつに入りましょう」

そう言うと、犬はこたつの板を前足なり手なりで叩いた。ぽむぽむと肉球が音を立てるかのようだ。

「ほっとしますよ」

その一言が、香苗の手を止めた。

「――ほっと、する」

こたつを見る。結構古びた感じのこたつだ。薄汚れている、ということはないが年季が入っていることが窺える。じいちゃんばあちゃんの家に行ったら和室に置いてありそうな、正月にはばあちゃんが箱根駅伝を見ながらうたた寝し、はっと起きては「今どうなってる？」と聞いてきそうな、そんな感じのこたつだ。

「暖かいですし」

そう言われて、香苗は部屋がひんやりとしていることに気づいた。会議が終わるのが五時。今の季節ならもう日が暮れてしまう時間帯である。明るさの変化に気づかなかったのは、日差しがカメラに影響しないよう遮光カーテンをしっかり締め切っているからだ。

こたつの暖かさを思い浮かべる。「ほっとする」という言葉を噛みしめる。スマートフォンでの検索を再開、できない。幻と話すのは危ないかもしれない。の、だけれど――

「さあさあ」

犬が重ねて促してきた。

「じゃ、じゃあ、少しだけ」

つっかえながら、香苗はそう答える。会話どころか勧めに乗ってしまった。一線を越えてしまったのかもしれない。

「ふふ。ではどうぞ」

犬が、前足で自分の向かいを指し示してくる。そこに入れということなのだろう。ここまでやり取りしては、もう後戻りできない。香苗は恐る恐るこたつに入った。

「――あっ」

ふわり、と。入った部分に、暖かさが乗っかってきた。まるで、優しく手を当てられるように。そっと抱きしめられるように。

ふう、と深く息をつく。体の中に澱(よど)んでいた何かが、息と一緒に放出されていくような、そんな感覚に包まれる。

「随分とお疲れですね」

犬が言ってきた。

「そんな自覚は、ないんですけどね。なにがどうなってるんでしょう」

香苗は会話を続ける。最早(もはや)幻であるかどうかも、あまり気にならなくなっていた。

「なるほど、なるほど」

犬はふんふんと頷いた。仕草も実に人間じみている。

そこで、会話が不意に途切れた。途切れた、というより一段落ついた、といった感じかもしれない。不自然でなく、居心地も悪くない、何となくの沈黙。

香苗はぼうっとする。何を考えるでもなく、何も考えないでもなく、ただ漫然と過ごす。

これでいいのかという思いもないではないのだが、こたつの暖かさがすべてを鎮めていく。

香苗は、ぽかぽかした感覚をただ味わう。

「夕ご飯はまだですよね？」

どれだけ経ったろうか。犬が訊ねてきた。

「はい、そうですけど」

香苗は普通に返答する。細かいことはまあいいか、という気持ちになっていた。喋っているものは喋っているのだ。あれこれ考えたって仕方がない。

「ですよね。それでは、わたしが準備しましょう」

犬が、こたつから出ると立ち上がった。

「えっ」

さすがにこれは、まあいいかでは済まない。

「あの、別に結構ですよ？」

犬が二本足で立って歩こうとしているのはいい。いやよくはないかもしれないが、喋っているのをよしとしている時点でこれも黙認すべきだ。

「わたしとあなたでは、その、多分食文化が色々違うような」

問題はここだ。カリカリドッグフードとかドギーマンのジャーキーとか動物の骨とかを持ってこられても困る。どれも食べたことはないが、多分どれも食べられない。

「大丈夫ですよ。こたつで食べるのですから、こたつで食べるのにふさわしいものを用意しますよ」

犬はそんなことを言ってキッチンへと歩いて行った。

犬がいなくなるや、香苗は背中に重さを感じた。凝っている、というには存在感がありすぎるだるさ。最近、特に会議の後などによくこうなる。

座っているのがつらくなり、ごろりと横になる。床にはラグが敷いてあるので、冷たくはない。

ふわふわとしたラグが背中を受け止め、重さとだるさが薄れていく。着ている服はそこそこ頑張って買ったブラウスであり、あんまり横になってしわにしたくないのだが、背中の重さが地球の引力に引かれてしまったのだ。人間は儚(はかな)い生き物だ。自然の法則に抗(あらが)うことはできない。飢えれば死ぬし、光より速く移動することはできないし、背中が重いと横になってしまう。

香苗は仰向けのままずりずりと動く。しわの発生確率が右肩上がりだがもう気にもせず、こたつに胸の辺りまで入る。

「ああ、天国」

思わず、香苗はそんなことを口走ってしまった。下は柔らかいラグ。上はぽかぽかのこたつ。幸せサンドイッチの完成である。

キッチンの方からは、何やら包丁をとんとんする音が聞こえてくる。犬の前足で包丁を操ることができるのは不思議で仕方ないが、顔をそちらに向けることさえできなかった。

眠気が、香苗を捉えてしまったのだ。人間は眠くなると寝る。飢え死にや光速などと同じく自然の法則である。かくして香苗の瞼(まぶた)はすとんと落ちたのだった。

「もしもし」

ぽむぽむと、額が何か柔らかいもので叩かれる。

「――なぁにぃ」

寝ぼけた香苗は目も開けず、叩いてきた何かを引っ張った。

「おお」

その何かは、香苗の顔にぼふっと覆(おお)い被(かぶ)さってくる。

ふかふかした感触。塊となった大味の柔らかさではなく、何か毛のようなものが沢山集まって生み出されただろう繊細さを伴った柔々さだ。触ったり、腕を回して抱きしめてみたりする。反対側は、柔らかい感触の裏に何か硬さが横たわっている。二重構造だ。

「もふ、もふぅ」

とても癒やされる。一体全体、地球に存在するどのような物質がこのような極上の手触りを生み出せるというのだろう。

柔らかさの向こう側は温かく、膨らんだりしぼんだりするように動いている。その感じもまたいい。包まれているような、そんな感じがある。

「あの、よろしいですか」

何やら、そんな声が降ってくる。何事かと目を開けると、世界は真っ白だった。

「こ、これは一体」

突然のことに目が覚め、それまでもふもふを堪能していた手を離す。

「起こしに来たら、捕まってしまいました」

視界が、真っ白から部屋の天井へと変化する。

「まったく。犬が腹を見せることには、本来それなりの意味があるのですがね」

横を向くと、犬が前足を組んでやれやれと息をついているのが見えた。

先ほどのもふもふは、どうやら犬のお腹だったらしい。見てみると、なるほど白い毛がぼわっと生えている。香苗はあそこに顔を埋めたり、触ったりしていたのだろう。抱きしめたときに固かったのは、背中側に腕を回したからなのだろう。

「あの」

香苗は寝転がったまま手を上げた。

「もう一度お願いします」

「だめです」

犬は組んだ前足をしゅびっと交差させ、バッテンマークを作ってきた。

「そんなあ」

香苗は深い悲しみに打たれる。あの感触、もう一度味わいたい。全てが赦されたような感覚だった。人にそこまでの赦しを与えられる存在など、イエスキリストと犬のもふもふくらいではないのか。

「ああ、赦したまえあわれみたまえ」

香苗は犬に手を差し伸べた。

「クリスチャンなのですか？　いや、それならば犬と神を一緒くたにはしませんね」

犬が首を傾げる。

「そうですね。うちの実家は仏教のナントカ宗です。ひいおじいさんのお葬式の時、お坊さんが腕振りながら格好良く指鳴らしてました」

「弾指をするなら天台宗か真言宗でしょうか。まあ、それはさておき準備ができました」

えらく博識な様子をうかがわせると、犬はいそいそと離れていった。

「準備、って？」

香苗はようやく体を起こした。こたつの上には、カセットコンロとお椀が二つ置いてある。お椀には黒い液体――おそらくポン酢が注がれていた。

それだけではなく、ボウルやざる、発泡スチロールのトレイも並んでいる。白菜にねぎ、豆腐、えのき、春菊、葛切り、そして豚肉。

「――お鍋？」

「はい、そうです」

犬が戻ってきた。今度は、両の前足でご飯をよそった茶碗を二つ運んでいる。茶碗をお椀の脇に置くと、犬はまたキッチンに移動する。

「普通の水炊きで、恐縮ですが」

再び戻ってきた犬は、そう言って鍋をカセットコンロの上に置いた。

「カセットコンロだと最初の一回目に時間がかかるので、最初はガスコンロを使いました」

鍋の中身は、ぐつぐつと煮えている。食材は、こたつの上に並んでいるものだ。

「これを、あなたが？」

鍋もカセットコンロも、お椀も食材も香苗のものではない。犬が、一通り用意してくれたというのだろうか。

「はい。冬と言えば鍋料理。こたつに入ってつつくのは素晴らしいものですよ」

言いながら、犬は箸を渡してくれる。

「あ、スイッチがそちら向きですね。すいませんが付けてくれませんか」

箸を受け取ったところで、犬がそんなことを頼んできた。

「あ、はい」

見ると、確かにこちら側にスイッチがあった。回すタイプのものだ。犬の顔になっていて可愛（かわい）らしい。

ぐるっと回す。すると、カンッと音がして火がついた。その音が思ったよりも大きくて、思わず香苗はびくりとする。

「ふふ。大丈夫ですよ」

犬がおかしそうに笑う。

「恥ずかしいです。うぅ」

香苗はしょんぼりと肩を落とした。

「まあまあ、お気になさらず。さあさあ、食べましょう」

そう言うと、犬は再び加熱され煮え始めた鍋に箸を入れ、ねぎを取る。お椀で受けると、口元に運んで食べる。

「美味しいですね」

香苗は啞然とその様子を眺めていた。信じられない光景である。

「おや、どうしましたか？　ぽかんとされている様子ですが」

犬が、不思議そうに耳をぴこぴこさせる。啞然とされる理由が、ぴんとこないようである。

「——はっ。分かりましたよ」

犬は持っていたお箸とお椀をこたつの上に置くと、片方の前足の肉球側——つまり手の平を上に向け、もう一方の前足でぽむと打った。人間でも現実には中々やらないような、実に古式ゆかしいなるほど仕草である。

「犬があつあつの鍋を食べていることが不思議なのですね。猫舌という言葉のせいで、まるで熱いものを食べられないのが猫めらの専売特許のように思われておりますが、犬も同様ですからね。わたしが食べられるのは、ひとえに修練の賜物です」

得意げに犬が言う。

「いえ、もう少し根本的な部分です」

まあ確かにそれもそうだが、もっと大きなツッコミどころがある。

「そうでしたか。――はっ。分かりましたよ」

再び、犬はなるほど仕草を繰り出した。

「ねぎを食べていることですね。ねぎや玉ねぎ、ニンニクやニラなどネギ科の植物に含まれる有機チオ硫酸化合物は、犬猫の赤血球や赤血球中に含まれるヘモグロビンを酸化させ、貧血を起こします。玉ねぎ中毒と呼ばれ、重症化すると命に関わる程危険なのですよね。しかもわたしのような柴犬は赤血球が酸化作用に弱く、少量の摂取でも症状を発することがありますし。わたしが食べられるのは、ひとえに修練の賜物です」

「いえ、もう少し一般的な観点に基づいた話です」

香苗は犬を飼ったことがなく、玉ねぎ中毒についてはまったく知らなかった。まったく知らなかったから、驚きようもない。

「要するに、犬が箸を使ってポン酢でお鍋食べるところです」

そう、そこである。実際に目にした時のインパクトが半端ない。喋るんだから箸も使えるだろう、と言ってしまえばそうなのかもしれないが、簡単に納得できるものでもない。

「なるほど」

三度、犬はなるほど仕草をした。

「確かに、見慣れない光景ですからね。ひとえに修練の賜物です」

犬はそんなことを言う。修練によって達成できるレベルの物事なのだろうか。人間が乗り物を使わず自力で空を飛ぶくらいの離れ業だと思うのだが。

「とにかく、どうぞどうぞ。どれもよく煮えてますよ」

犬が鍋を勧めてくる。

「――分かりました」

香苗は頷いた。箸を使う犬への衝撃はひとまず脇へ置く。折角鍋を用意してくれたのだし、何より煮えている様子を見ているうちにお腹が空いてきた。

香苗は箸で豚肉を取った。端に少し脂身がついた、香苗的に一番好きな部分である。ポン酢に浸し、口に放り込む。

「おいしい」

途端、思わず声が出た。熱々の肉の、ぷりぷりした食感。肉の部分と脂身の部分から出てくる、二段階の旨み。それらがポン酢のぴりっとした風味と合わさって、美しい調和を奏でる。

「でしょう。お肉、美味しい。野菜もどうぞ。春菊は是非半煮えで」

野菜もそれぞれ素晴らしい。ねぎはどこか甘く、それだけにポン酢との正反対のコントラストが美しい。白菜の葉の部分はくたりとなってポン酢をたっぷり吸い、反対に芯の部分は浸しても染みこみきらず、熱さとシャキシャキした食感を伝えてくる。

「――おお、これは！」

続いて春菊を食べて、香苗はさっきの犬の如くなるほど仕草をしたくなった。半煮えだけにほろ苦さが残っているのだが、これは最高のアクセントだ。ぐっと味わいが引き締まる。

「豆腐をどうぞ」

犬はというと、網で豆腐をすくってくれる。

「そろそろ次の具材を入れますね。できている肉はそちら側に寄せておきますので。葛切りは透明で見えませんが、この辺りにあります」

鍋の進行も適切に管理してくれる。

「はい、はい」

お陰で、香苗は食べることに集中できた。自分で何もしなくていい鍋料理ほど、贅沢なものもない。

「あーどうしよ、おかわりしたいかも」

香苗は呟(つぶや)いた。ご飯もモリモリ食べて、茶碗一杯平らげてしまったのだ。

「そうですか。雑炊も作りますよ？」

そんな犬の言葉が、香苗のうちに激しい葛藤を生み出した。

「そうなんですか！　いや、しかし、うーん」

雑炊は食べたい。具の残りや、染み出た旨みと合わさったあの味わいは何物にも代え難い。しかし、具と同時進行で食べる白ご飯も捨てがたい。

「これは、難問ですね」

たとえばカレーライスにしても、かかった状態で出てくるのと、魔法のランプみたいな形をした食器に入ったルーとライスが別々で出てくるのとで、味わいが違ってくるのだ。雑炊と白ご飯で更なる差異が生じること、論を俟(ま)たないというものである。

「――でも、やっぱりおかわりです！」

悩んだ末、香苗は茶碗を犬に突き出した。体が白米を欲している。その衝動に抗(あらが)うことは、どうしてもできない。

「雑炊ができたら雑炊も食べます！」

炭水化物の摂取量が爆増になるが、それはそれだ。明日以降の体重や摂取カロリーその他は、明日以降の香苗に任せることとする。

「分かりました」

犬はくすりと微笑むと、キッチンへと向かった。

スマートフォンが震えた。Ｓｌａｃｋ――会社で使っているビジネス用のチャットツールからの通知だ。

「うええ」

内容を確認するなり、そんな声が出た。

「どうしました？」

戻ってきた犬が、茶碗を香苗の前に置きながら聞いてきた。茶碗には白ご飯がよそわれ、美味しそうな湯気を立てている。しかし、すぐに食べる気にもなれない。

「明日もＷｅｂ会議があるみたいです。二日続けて会議なだけでグエエなのに、明日は船井専務が参加するって話で」

船井専務。同じ会社の社員の中で、香苗がほぼ唯一苦手とする人である。

「重役が課レベルの会議に顔出さないでくださいよう」

嘆きの声が漏れる。

「もしやあれですか。パワハラ役員かなにかなのですか」

犬が、心配そうに聞いてくる。

「そういうわけではないんです。ただ、なんていうか」

香苗の脳裏に、つらく哀しい過去が蘇る。

「専務相手に、すごいヘマをやらかしたことがあって」

——入社して、間もない頃の話だ。今もそうだが、香苗は社員食堂で昼食をとる。上手い早い安い広いの四拍子揃った社食であり、社員のほぼ全員がここで食事をする。なんなら来社した得意先の関係者や他社の社員まで喜び勇んでやってくるので、延々賑わっている。その味や提供ペースを維持するため、食堂のスタッフには業界ナンバーワン水準の報酬が支払われているともっぱらの噂である。

ある日のこと。昼食が終わり、一緒にランチしていた同僚たちが揃ってトイレに行ったことがあった。香苗は一人で椅子に腰掛けて、テレビを眺めながらお茶を飲んでいた。

「ちょっと、よろしいですか」

その時、一人の壮年男性が香苗に話しかけてきた。男性は四角いレンズの眼鏡をかけ、ロマンスグレーの髪をしっかり分け、鼻の下には髪と同じ色の髭を蓄えているという外見だった。その時香苗には、その男性の顔色が優れず、とても具合が悪そうに見えた。

「あ、どうぞここ座ってください！」

そこで、香苗は早速自分の隣に座らせた。

「どこかおつらいですか？　もしよかったらお水どうぞ！」

そして、ウォーターサーバーからコップにたっぷり水を淹れてきて渡したりした。

「え、ちょっと野木さん。なにやってるの？」

その時、先輩達が戻ってきた。皆、香苗を観てひどく驚いた顔をしていた。

「あ、大変です！　こちらの人、ちょっとどなたか存じないんですが、とてもお具合悪そうで」

香苗は必死で訴えかけた。しかし、誰もその危機感を共有してくれなかった。互いに目をかわすばかりである。

「いや、あのさ」

進み出たのは、宏美だった。いつも鋭いその目にも、明らかな戸惑いがあった。

「そちら、うちの専務だよ。船井専務。別の部の方だからあんまりお会いしないけど」

香苗は凍りついた。自分が所属している部署の直属の専務くらいは知っている（盛岡専務。熱い人柄で、下請けの扱いの改善を社長に土下座で直訴したという伝説を持つ人物だ）。しかし、他の部署の専務の顔と名前までは分からなかったのだ。

船井専務はちょっと聞きたいことがあったので、香苗に声をかけたらしかった（その用事は宏美たちが引き受けてくれた）。平謝りしたところ、専務はコップたっぷりの水をしっかり飲み干し「ありがとうございます。具合が悪そうな顔なのは、元からです。お気遣いなく」と言い残してその場を去った。

コップたっぷりの水で専務を接待（アテンド）した新入社員として、香苗は社内で一躍時の人になってしまった。そしてしばらくの間恥ずかしくて社食で昼ご飯が食べられず、少し離れたところにある松屋まで行って牛丼やカレーを食べる羽目になったのだった――

「はははは」

犬は香苗のトラウマ話を力一杯笑い飛ばしてきた。

「笑いごとじゃないんですよ！　『具合が悪そうな顔なのは、元からです』って、すごい怒ってるってことなのかなあって超悩んだんですから！」

ちなみに結論から言うと、専務はそういう人ではなかった。その後社内ですれ違った時、

「先日のお礼です」とペットボトルのミネラルウォーターをくれた。そして香苗は、専務と飲料水を贈答する新入社員として再び時の人になった。

「むしろ専務に存在を知ってもらえたのですから、そこを足がかりとして出世を目指してはどうですか。内密で船井専務派に与（くみ）し、社内に己の地盤を築いていくのです」

犬が、風雲会社員ライフを提案してくる。

「しません！　あと我が社は重役が派閥に分かれて権力闘争を繰り広げるような殺伐とした企業じゃありません！　多分！」

わいのわいのと話しているうちに、鍋料理は一段落した。雑炊も一通り食べ、残った分は明日の朝ご飯昼ご飯の役割を果たすこととなった。

「うー、お腹いっぱいです」

香苗はばったり倒れた。先ほどは背中側が重かったが、今度はお腹側がぱんぱんである。

「このままでは、お腹いっぱい死してしまいます」

仰向けの姿勢で呻く。白ご飯プラス雑炊は、香苗の胃袋には荷が重かったようだ。

「――あっ」

香苗は、食べ物の消化以外にもやることがあるのを思い出した。

「メイク落とさないと」

がばりと起き上がる。そう、会議が終わってからずっとそのままだったのだ。

「早めに落としておかないと、明日もまた会議あるし。それにお風呂にも入らないと。というか、それ以前に会議の準備もしないと」

しないと、しないと、しないと。やらないといけないことが、次から次へと浮かんでくる。再び、心がぎゅうぎゅうと締め上げられていく。

「こたつに入っていても、中々落ち着かないのですね。結構皆さん、リラックスして細かいことが気にならなくなるようですが」

犬が、気遣わしげに言う。

「そうかもしれません」

うたた寝したり、お腹いっぱい食べたり。リラックスしていないということはなかったはずなのだが、あっという間に元に戻ってしまった。

「明日の会議が、いやなのですか？」

犬が訊ねてくる。

「——そうかも、しれません」

罪悪感と共に、香苗はそう口にした。

仕事そのものが嫌なわけでは、決してない。だが、しんどい。気が休まらない。オフにならない。

いつもいつも、仕事に追われている気がする。——いや、追われているのでさえない。飲み込まれている。塗りつぶされている。香苗の日常のすべて、おはようからおやすみまで——あるいは寝ている間にさえ、「仕事」がいるような気がする。

家で仕事をしているせいなのだろう、切り替えが上手くできていないだけだろう。そう想像はつくのだが、具体的にどうすればいいのかは思いつかない。思いつかないまま、押し寄せてくる毎日に立ち向かうことを余儀なくされている。

「なるほど」

唇を噛む香苗に、犬は優しく頷いてみせた。

「分かりました。ならば、やなことを代わってあげましょう」

そしてどこからともなくコンパクトとメイク道具を取り出すと、化粧を始める。

「なにをしているんですか」

突然の奇行に、香苗は動転した。

「香苗さんに変装します」

犬はマスカラをたっぷり塗り、アイラインをゴリゴリに引き、ぐさぐさ刺すようにつけまつげをつけ、チークと口紅をバキバキに盛った。

「ばっちりです」

コンパクトから顔を上げ、犬が香苗を見てくる。

「どこがですか！」

香苗は叫んだ。いくらなんでも、これで香苗メイクを再現というのはひどい。あまりメイクが上手なわけではないが、こんな絵の具で落書きしたような顔でWeb会議に参加してはいない。

「大丈夫、大丈夫。完璧ですよ」

犬は自信満々に胸を反らす。

「それでは、しばしの間こたつの中で休んでいてください」

「ひえっ」

香苗は、いきなり間の抜けた悲鳴を上げた。謎の吸引力により、こたつの中に吸い込まれたのである。

「ごゆっくりどうぞ」

そんな言葉と共に、香苗は真っ逆さまに落ちていったのだった。

「ここ、は？」

気がつくと、香苗は真っ暗な空間にいた。明かりと言えば、間隔を開けて並んでいる石灯籠のものくらいである。

『こたつの中ですよ』

どこからともなく、犬の声がした。

「こたつの、中」

辺りを見回す。石灯籠の明かりがオレンジ色だし、そういえばぽかぽか暖かくもある。こたつの中にいるような感じだと言えば、こたつの中にいるような感じかもしれない。

『とりあえず進んでみてください』

犬が、そんな指示を出してきた。素直に香苗は歩く。

やがて、前方に扉が見えてきた。若干重そうな、防音性とかが高い感じの扉だ。

「あの、行く手に謎の扉が現れたんですけど」

立ち止まり、犬に聞いてみる。不思議な空間にある不思議な扉をほいほい開ける度胸は、香苗にはない。

『是非進んでください。面白いですよ』

犬が、あくび交じりに答えてきた。

「そう、ですか」

面白いと言われても、中々行こうという気にはならない。かと言って、この謎の空間でぼんやり立っているのも微妙だ。散々迷った末、香苗は扉を開けることにした。

「お邪魔、しまーす」

少しだけ開けてから、恐る恐る中に声をかけてみる。特に返事はない。

「入りますよ」

念を押すが、やはり反応はない。

扉の中は、小さな部屋だった。椅子が一つ。椅子の前には、沢山のつまみとボリュームか何かを上下させるためのスライダーがついた卓がある。そして壁には、沢山のディスプレイが並んでいた。たとえるなら、ニュースやバラエティの生放送中にディレクターが舞台裏でそれぞれのカメラの画面を見ている、あの部屋だ。

ひとまず、椅子に座ってみた。卓もディスプレイも実にそれらしく、ちょっとディレクター気分になってくる。

『どうぞご自由に、指示を出してみてください』

犬がそんなことを言ってきた。

「指示って、言われても」

香苗は当惑してしまう。本当に、ディレクターごっこをやれというのだろうか。

『あなたは他人の目から見た自分の姿ばかり見ています。もう少し視野を広げてみてはいかがですか』

「――はい」

犬の言葉の意味が、完全に分かったわけではない。それでも、香苗はそう答えた。内容が把握しきれなくとも、意味があるものだということは何となく伝わってきたからだ。

卓の上には、ヘッドセットが置いてあった。Ｗｅｂ会議を念頭にデザインされたようなお洒落（しゃれ）なものではなく、通信担当の兵士が付けていそうな武骨なものである。

香苗は試しにヘッドセットを付けて、ディレクターっぽく喋（しゃべ）ってみる。

「１カメ、スタートして」

すると一番右上の画面がついた。映し出されたのは、同じ課の津山栞（つやましおり）だった。椅子の上に座りつつ、片方の足を座面に上げて、ぱちぱち爪を切っている。

「こ、これは」

唖然（あぜん）としているうちに、画面が次々ついていく。いずれも見知った顔――というか、同じ課の面々だ。様々な角度から、皆が自分の家にいる姿を映し出している。

「ちょっと、よくないですよこれは」

プライベートの覗（のぞ）き見ではないのか。視野を広げるにしても、他人の部屋の中にまで拡張するのはさすがにやり過ぎではないのか。

「大丈夫ですよ。今回だけです」

ディスプレイの中の一人が、こちらを見てきた。犬である。丁度、斜め上から見下ろすようなアングルだ。

「あまりに問題があるようなら見られないようにしますし、どうぞ安心してください」

そんなことをいう犬は、あの絵の具メイクでパソコンの前に座っていた。

「あの、なにやってるんですか」

「会議の準備です」

香苗の問いに、犬は何でもないことのようにそう答えてきた。

「――会議？」

ひどく、嫌な予感がする。

「そうです。専務が参加されるというものですね」

まさか、もう一日経ってしまったというのか。こたつの中では、時間の流れまで変わってしまうのか。

「本当に、そうなの？」

しかし、香苗はいまいち腑に落ちない。他の面々に、緊張感はさっぱり見られないのだ。

「あの高台からスナイプしよかな」

たとえば、四つ上の百瀬隆は据え置き型のゲーム機をテレビに繋いでプレイしている。

鉄砲で他のプレイヤーとバンバン撃ち合うようなゲームだ。

「あ、いたいた屋上。俺倒せるわ。一人見える」

ヘッドセットを付けているところからして、これは独り言ではなくゲーム仲間と喋っているのだろう。

実に気が抜けているが、同様の人間は他にもいる。高崎英士など、ベッドの上に寝っ転がってスマートフォンを触っていた。指の動き方や間隔からいって、電子書籍で漫画か何かを読んでいるようだ。

香苗は衝撃に打ちのめされる。二人とも、会議では様々に建設的な意見を述べている。在宅業務も割り当てられた分はしっかりこなしている。まさか、会議前にこんなにもだらだらしているとは思ってもいなかった。

「カメラ良し。メイク良し」

やがて、犬がＺｏｏｍの設定チェックを始める。その頃には他の面々もそれなりに用意を開始していた。隆はゲームを中断しＰＣの前に移動し、英士はスマホをベッドの上にぽいっと投げて起き上がる。

「え、うそうそ冗談でしょ」

香苗は狼狽えた。会議が始まろうとしている。それはつまり、香苗の画面にゴテゴテのメイクをした犬が映り、しかもディープな低音ボイスで喋るということだ。今日の会議が無茶苦茶になること間違いなしである。

「ちょっと、待って――」

「こんにちは」

香苗の制止を無視し、犬が挨拶する。

「こんにちは」

しかし、他の面々は驚いた様子もなく挨拶を返した。

「うそ、冗談でしょ」

香苗は仰天する。これは一体どういうことなのか。

「あれ？　なんか雰囲気明るくなったね」

そう言ったのは、同期の村田登萌（むらたともえ）だ。犬と香苗の区別がつかないとは、同期失格である。

「ファンデを変えたの。色々勉強中」

犬が、野太い声で答えた。ファンデも何も、そもそも下地は犬の毛皮だろうという感じだ。

「え、めっちゃいい感じじゃん」

「野木さん、メンズメイクのこと分かる？　今度教えてもらおうかなあ」

同僚たちが、口々に犬を褒める。誰ひとりとして疑問に思う様子さえ見せない。もう訳が分からない。

「さて、それでは始めましょうか。よろしくお願いします」

全員揃（そろ）ったところで、課長が開始の音頭を取った。メンバーたちが、口々に挨拶する。

「よろしくお願いします」

香苗も条件反射で挨拶してしまってから、犬が代わりになっていることを思い出す。

課長は、二日続けて会議になったことの説明などを始めた。ほぼ真横からのアングルは結構新鮮だが、まあそれはそれとしてちょっと気になることがある。

「――あの。課長のカメラ、ちょっと動かせますか」

ヘッドセットに話しかけてみる。すると、課長の部屋の画面が動いた。ドローンか何かで撮影しているような感じだ。

「もう少し下の方、課長の足なんですけど」

香苗の指示に従い、カメラがぐいぐい動く。いかにイケオジとはいえ、別に足が見たいわけではない。

――課長はお洒落さんである。出社時もＷｅｂ会議時も、年相応から半歩踏み出しつつ若作りにならないバランスの着こなしを実践している。

「え、え、ほんとに？」

しかし、映し出された光景は信じられないものだった。上半身はジャケットにシャツといい感じなのに、下はスウェットである。しかも結構毛玉だらけで、明らかに寝巻用だ。下半分だけなら、イケオジではなくただのおじさんである。

「では、わたしからも」

続いて、怖い怖い先輩の宏美が話し始めた。彼女の服装は、取り立てて変わったところはない。いつも通り、ややラフだけど似合っている在宅ワークファッションといった感じだ。

問題は他にある。ボールのようなものが飛んできて、喋っている彼女の後頭部にぽこんぽこんぶつかっているのだ。カメラには映っていないのか、会議の参加者たちに気づいた様子はない。

「あの、蟹江宏美さんの部屋のカメラ、ぐーっと離れてくれますか？　部屋全体が映る感じに」

そう指示すると、宏美の部屋の全容が映し出された。ボールの正体も判明する。

ボールは、一人の男性が投げていた。年の頃は宏美より下に見える。男性は少し離れた床に寝転がり、ボールが命中する度に声を殺して笑っている。

確か、宏美は今年の夏から彼氏と一緒に住み始めたということを言っていた。去年の冬に実家の母と彼が顔を合わせてしまい、年貢の納め時が来てしまった――みたいな言い方をしていたはずだ。

ぶつかったボールはというと、必ずしも男性の下に戻っているわけではない。ではなぜ彼氏が投げ続けられているのかというと、一匹の犬が跳ねたものを拾っては彼氏に持って行っているのだ。彼氏が犬好きでペット可の物件に住むと言っていたな、と思い出す。

彼氏がボールを投げる。宏美の後頭部に当たる。犬が拾って渡す。その繰り返しが何度も続いたところで、宏美は喋りつつマウスを握った。ワイヤレスのものだ。

何をするのかと思いきや、宏美は前を見たまま手首のスナップだけでマウスを投げつけた。マウスは真っ直ぐ飛び、彼氏の顔に命中する。ぱかんといい音がし、犬がびっくりする。見ている香苗もハラハラする。

しかし、彼氏はむしろひーひーと笑い転げた。宏美も、若干口元を緩める。どうやら、二人にとってはこれもじゃれ合っているうちというわけらしい。

微笑ましく感じる一方で、これでいいのだろうかと香苗は思う。宏美は課のエースとも言うべき存在だが、仕事中は仕事中である。彼氏とボールやマウスを投げ合っていていいものか。

「よろしいでしょうか」

考え込む暇もなかった。犬が、肉球のついた前足をびしっと上げて発言の許可を求めたのだ。

「余計なことしなくていいですよ！」

必死で呼びかけるが、犬は聞こえている素振りも見せない。

「どうぞ」

課長が許可を出してしまった。香苗は祈る。どうか変なことを言い出しませんように。

「今回の会議のアジェンダ(議題)を踏まえた上での、あくまでジャストアイデア(ただの思いつき)なんですけど」

祈りは早速裏切られた。冒頭から無意味にカタカナビジネス用語を乱発している。

「我が社のコアコンピタンス(長所)を考慮しましてですね、ステークホルダー(利害関係者)やクライアント(顧客)との関わり方のアジャスト(調整)ばかりにフォーカス(集中)するばかりではなく、新しいベクトル(方向性)のスキーム(枠組み)を作りましょう。

たとえば、レジリエント(回復力の高い)な部署を目指すために、あえて犬をメンタルヘルスケア(癒やし)担当のスタッフとしてアサイン(割り当て)すれば、社員のハーディネス(メンタルの強さ)が保たれるのではないでしょうか。

こういうカッティングエッジ(斬新)なアクション(行動)を実施することでコモディティ化(横並び)を防ぐ、そして業界のイニシアチブ(主導権)をホールド(握る)するというのが、つまるところパーパス(目的)をアチーブメント(達成)するのとニアリーイコール(同じ意味)なのではないでしょうか」

というか乱発しすぎである。口調も変に早口かつカタカナ言葉の部分だけ滑舌が良く、胡散臭い改善策を提案してくるコンサルタントのようである。

更に言うと、提案内容もひどい。よく聞くと、要するに職場で犬を飼おうという提案である。そういう企業もSNS等で見かけて「楽しそうだな〜」と思ったことはあるが、本当にそうしたいとまでは思っていない。

「なるほどね。なんだか随分張り切ってくれてるね。みんなはどう思う？」

課長が戸惑いながら、他のメンバーに話を振る。

「なるほど」

「面白いかも？　と感じた気もします」

何だか、微妙に話が通り始めているような気がする。『話は自信満々にできるかどうかが九割』みたいなビジネス書をよく見かけるが、あれは意外と真理を突いているのかもしれない。

「ちょっとちょっと」

などと感心している場合ではない。このままでは、香苗の提案を基に部署に犬がやってくる。何か困ったことが起きたら、香苗の責任は九割以上だ。

「よろしいですか」

口を開いたのは、専務だった。メンバーたちの間に、そこそこの緊張が走る。犬は顔色一つ変えない。そこは変えてほしい。

「どうしよう、どうしよう」

香苗はというと、鏡がないから分からないが間違いなく顔面蒼白である。さすが役員だけあって、専務は犬のはったりがいかに内容のないものか見抜いたのではないか。犬を飼う提案が却下されるのは万々歳だが、お叱りを受けるとなると話は別だ。香苗の伝説に「犬を飼おうとして専務に却下された」なんてものが増えてしまう。

「どうぞ」

香苗がパニックになっている間に、課長がそう言った。専務は頷いて話し始める。

「ボトムアップ——手垢のついた言葉ではありますけれども、やはりこれが重要だと考えます。意見を同じものとして扱うということは、つまりその意見がわたしのような老人から出されたものであろうと、皆様のような若者からであろうと、同じだけの影響力があるものとして扱うということです」

しっかりした前置きと共に、専務が話し出す。まだ分からないが、少なくとも職場での犬の飼育を提案されて気分を害したといったことはないようだ。ほっとしつつ、香苗は専務の部屋を映すディスプレイに見入る。

他の面々が大体普通の部屋から会議に参加しているのに対し、専務は大きな本棚を背負っていた。勿論バーチャル背景ではなく、本物である。読書家の専務は、家に立派な書斎があるのだ。

カメラが本棚を映す。「21世紀の資本」「雇用、利子および貨幣の一般理論」など経済学関連の書籍に始まり、「なぜ世界は存在しないのか」「精神現象学」「人生論ノート」「パスカル全集」「ロールズのカント的構成主義　理由の倫理学」など、タイトルを見ているだけで頭が爆発しそうな本が並んでいる。

「――ん？」

さすが専務と眺めているうちに、香苗はふとした違和感に囚われた。書斎の本棚は全体的に色からして重々しく厳めしい。だが、丁度専務のＷｅｂカメラからは映らないだろう辺りに、変に見慣れた色合いをした区画がある。

「専務のカメラ、ズームインして。うん、左下の方」

赤と青のリボン風の柄。薄いピンクで描かれる片目を前髪で隠した人の顔。赤字のタイトルと水色のナンバリング――そう、花とゆめコミックスである。

「嘘でしょ」

目をこらすが、見間違いなどではない。「天使禁猟区」が、「紅茶王子」が、「花ざかりの君たちへ」が、全巻揃っている。「神様はじめました」「コレットは死ぬことにした」「恋に無駄口」といった、比較的最近のものも並んでいる。これはこれで頭が大爆発である。え？　専務が？　少女漫画？　そんなバカな？

混乱のあまり、花とゆめもいいけど自分はＬａＬａ派かも——などと関係のないことを香苗が考えているうちにも、専務は話し続ける。

「わたしも一参加者であり、皆様と立場は同じです。専務という肩書きを持っていますが、会社に勤めているという意味ではなんら変わるところはありません——」

大変真面目な話である。しかし香苗の頭にはまったく入らない。ザ花とゆめや別冊花とゆめなど、本誌以外のバックナンバーも本棚に並んでいるのを見つけてしまったからだ。別花なんて休刊になって久しいはずである。専務、あなたは一体。

混乱のあまり、「ぼくの地球を守って」とか「動物のお医者さん」とかがないし、専務が花とゆめを読み始めた時期を特定できるかも——などとどうでもいいことを香苗が考えていると、専務が言葉を切った。

「そういうところを、お伝えしたいわけです」

どういうところか分からない。香苗が狼狽えていると、一人の男子社員が口を開いた。

「あ、すいません」

割合チャラい今川雄司である。

「その、お話中本当に申し訳ないのですが、トイレに行ってきていいでしょうか」

今日も割合チャラめな彼は、すまなそうにそう言った。

「ええ、どうぞ」

人によっては機嫌を悪くしそうなところだが、専務はにこやかに許可する。やはりいい人なのだ。

「失礼します」

ペコペコしながらそう言うと、雄司はＺｏｏｍのソフトを操作しマイクだけミュートにする。そしてワイヤレスイヤホンをつけたまま、ＰＣの前を離れた。

そのままトイレに行くのかと思いきや、彼は隣のダイニングに移動した。そしてテーブルの上にあった雪の宿をばりばり食べ始める。堂々たるサボりである。高校生でも校長先生の話は我慢して聞くのに、いい大人が何という有様だろう。

「と言うわけで、先ほどの意見をわたしもしっかり検討したいし、皆様にもそうして頂きたいと思う次第なんです。気安く話してくださいね」

ようやく専務の話が終わった。頃合いを見計らったように雄司が立ち上がり、ＰＣの前に戻る。

「あの、ところで」

犬が手を上げた。気安すぎる物言いである。えらい人の話が終わったのだから、大変興味深く拝聴しましたとか勉強になりましたとかの一言くらいは挟んでほしい。ボトムアップとは目上への態度の大きさをアップさせることを意味しているわけではない。

「蟹江さん、よろしいでしょうか」

犬が、宏美に話しかける。

「はい――」

返事をする宏美の後頭部に、またボールが命中した。かなり明確に、宏美の眉毛がつり上がる。

「むっ」

同時に、尻尾をぶんぶん振りながら犬が画面に飛びついた。突然の奇行に、参加者たちの間に動揺が走る。専務でさえ目を見開いている。

「ああ、あ」

香苗は気絶しそうになった。

「ど、どうしたの？」

課長が、そう訊ねる。

「失礼しました。バランスを崩しまして」

説明にもなっていないような説明をすると、犬は尻尾を振りながら話を続ける。

「蟹江さんのところにボールが飛んできているようで、思わずキャッチしたくなった——

いや、気になりました。見間違いでしょうか」

「あー、カメラの不具合？　かも。ちょっと待ってね」

宏美の目に、明らかな殺気が閃いた。マイクとカメラを即座にミュートにすると、宏美は彼氏に詰め寄る。

「いい加減にしねの！　後輩の子にバレてもてるやろ！　かちなぐるぞ！」

地元の言葉らしき言い回しと、触れるだけでものを切断しそうなほどに鋭く厳しい視線でもって、宏美は彼氏をシバき回した。

「ご、ごめん悪かったよ」

彼氏は両手を合わせて謝り、犬は尻尾を丸めてきゅーんと鳴く。彼氏はともかく犬は可哀想だ。

「ところで専務」

一方、犬の喋りはとどまるところを知らない。

「後ろの本棚には色々な本が並んでいますが、よく見ると——」

しかも、最も触れてはならない部分に触れ始めた。

「あー！　待ってもう待って！」

悲鳴を上げた、その次の瞬間。瞬間、目の前の画面が一つになった。

「あれ？　えっ？」

いや、違う。これは、香苗のデスクトップＰＣのディスプレイだ。香苗は、不思議な空間から自分の部屋へと戻ってきたのだ。予備動作一切なしで。

「どうしました？」

専務が、画面の向こうから訊ねてくる。こちらにも予備動作一切なしで答えねばならない。

「──よく見ると、色々な本があって凄いなと思います」

結果、頭の悪そうなまとめ方になってしまった。

「ありがとうございます。濫読は過去の知識人も戒めるところなのですが、ついつい興味を持つとなんでも手に取ってしまいまして」

専務は、微笑んでそう言ってくれた。五月雨式にビジネス用語を放ったかと思うとモニタに飛びつき、次には人の本棚に言及するなど、香苗の言動は不安定極まりないはずなのだが、動じた様子もない。さすが役員といったところだろうか。

「戻りました」

画面に、宏美が映る。先ほどの憤怒の姿を見ているので、思わずびくりとしてしまう。

「さて、では専務から頂戴したご意見を踏まえまして、会議を続けますね」

そこで課長がおかしな展開を丸く収め、会議の方向を修正したのだった。

「ふう」

会議が終わり、Ｚｏｏｍから退室する。犬による提案は奇天烈なものだったが、参加者たちから何やかやと意見やアイデアを引き出し、最終的には結構実りある会議となった。してみると、犬の提案もあれはあれで意外と意味のあるものだったのかもしれない。

「――あ」

ふと、香苗はあることに気づいた。

「わたし、疲れてない」

そう、香苗は疲れていなかった。勿論会議が終わったばかりなので元気いっぱいというわけにはいかないが、会議の内容をあれこれ振り返るだけの余力が十分に残っている。

どうしてだろう。なぜだろう。しばしうんうんと考えて、香苗は答えを見出した。

「そうか」

呟きが、零れ落ちる。

「仕事をしっかりコントロールすること、仕事にコントロールされないようにすることなんだ」

見えないところはスウェットでもいいし、始まるまではゲームしたり漫画を読んだりしてもいい。やるべきことをやっていれば彼氏と多少じゃれてもいいし、仕事スペースに少女漫画があってもいい（人が話している最中にこっそり雪の宿を食べるのは、多分よくない）。

何もかもを仕事優先にしてしまわないのが、大事なのだ。どうしても日常に仕事が浸食してくるなら、日常側からも反撃するのである。疲れすぎないほどのバランスを保てるまで、押し戻すのだ。それに気づけて、無駄な力が抜けて、あまり疲れなかったのだ。

「ありがとう。わたし、なんだか分かった気がします」

後ろを振り返り、香苗は驚く。

「えっ？」

そこにはラグが敷いてあるだけだった。こたつも、犬も、消え失せてしまっていた。

「よっこいしょ」

香苗は、部屋の端にヨガマットを敷いた。

続いて、フォームローラーという円筒形のマッサージ器具を横向きに置く。それから、その上で仰向けになった。フォームローラーはそこそこ大きく、香苗の肩甲骨の下から背中のかなりまでが乗るような形だ。

続いて香苗は両手で頭を支えて腹筋（クランチ）の姿勢を取り、体を動かすようにしてフォームローラーを前後に転がし始めた。

最初の頃は、フォームローラーの表面の凹凸が背中に食い込み、「おっ、ガッ」みたいな声が出るほどのゴリバキ感があった。よほど背中が固まっていたのだろう。

次に首を乗せて首凝りのマッサージ。体を横にして、脇の下やお尻も片方ずつごろごろする。こうすることで、座り仕事で凝り固まる部分をほぐすのだ。

スマートフォンがぴろぴろとアラームを鳴らし始めた。設定していた時間になったのだ。

「うんとこしょ」

体を起こすと、ヨガマットとフォームローラーをしまう。いちいちかけ声をかけるのはちょっとおばさんみたいだが、まあいい。別に誰に聞かれているわけでもない。一人でいる時は、人目を気にしないでいいのだ。

香苗はささっとメイクをし、PCの前に座った。今日はWeb会議があるのだ。これまでのものは、仕事前の準備体操のようなものである。体もほぐれるし、気持ちもリラックスするし、一石二鳥なのだ。

もうZoomの細かい設定はしない。ライトも置かない。マグカップにお茶をついだり、漫画を読んだりして、呑気に時間を過ごす。

そろそろ時間が近づいてきた。香苗はマウスを操作し、会議室へと入る。

「あ、野木じゃん」

「こんにちは」

会議室には、宏美と課長がいた。

「こんにちは」

自然な挨拶を返すと、香苗はマグカップを手に取った。

「あら、可愛いマグカップね。柴犬？」

宏美が、香苗のマグカップに目を留める。

「はい。行きつけの雑貨屋さんで見つけまして」

香苗はマグカップに目をやった。パステルカラーで、油絵風の柴犬が描かれたものだ。

以前は黒い地味なものを使っていたが、この度新調してみたのである。

「可愛いなあ、って思って買っちゃいました」

香苗はディスプレイに目を戻した。Ｚｏｏｍの画面に映る香苗の姿もまた、マグカップ同様以前とは違うものになっていた。

まず、メイクはそこまで必死にしていない。そして、椅子の背もたれがででんと映っている。長い背もたれを持つゲーミングチェアに代えたのだ。どんな種類のものがいいかを、ゲーマーの百瀬に聞いたのである。

「最近よく行くんですけど、可愛いのが一杯置いてあっていい感じなんですよ」

その背もたれに、香苗はがっつりもたれている。足元には足置き（オットマン）を置き、両足とも放り上げている。会議中にあるまじき姿勢だが、カメラから見るとそうでもない。

おかげで、随分と疲れにくくなった。背中が重いあの感じも、ほとんど感じない。多分、知らず知らずのうちに前のめりになって、背中の筋肉に必要以上の負担をかけていたのだろう。今の姿勢は今の姿勢で、ずっと取っていると腰にくるらしいので要注意だが、とにかく本当に楽になった。

「行きつけの雑貨屋さんかー。いいなあ。うちらなんて行きつけがドッグカフェだし。犬飼ってるのに犬に会いに行くんだよ」

宏美がぶーたれる。今日は、ボールは飛んできていないようだ。彼氏は、たまたまあの日が休みだっただけなのだろう。まあ、あんまりやり過ぎるとバイクで轢かれるので控えているという可能性もあるが。

「今度一緒に行きませんか？」

少しばかり、緊張しながら誘ってみる。会社の同僚とオフの時間まで一緒、というのは敬遠されがちだ。でも香苗は宏美と一緒にお出かけしたいし、宏美もそう思っていてほしいのだが――

「行きたい行きたい！」

宏美は、目を輝かせてそう言った。社交辞令でそういうことを言う宏美ではない。本当に行きたいと思ってくれたのだろう。とても嬉しい。

「会社から少し行ったところにあるんです。わたしは運動がてら歩いて行ってますけど」

そこまで話して、香苗はお茶に口を付ける。

「あー、運動ねー。それも大事よね。野木は忍術使うための体力を維持しないとだし」

香苗は盛大にお茶を吹いた。

「なぜ！　なぜそれを！」

「リアクション最高すぎでしょ」

宏美がけたけた笑う。

「いやさー、いやさー。前々からその話しようかとは思ってたんだけどさ。野木って真面目でしょ。言ったら気にするかなあって。でも最近大分ほぐれてきたから、そろそろ話し時かなと」

「知っててずっと黙ってたんですか！」

よく見ると、課長も横を向いて笑いを噛み殺している。香苗の胸で、嫌な予感がむくむくと育ち始める。

「ま、まさか。まさかまさか。課の皆に、忍者事件は知れ渡っているのですか？」

「さようでござる」

大真面目に宏美が言い、遂に課長が吹き出した。

「ほら、採用って若い社員が諸々手伝うじゃん？　自社のアピールとか」

宏美の言葉の意味は分かる。採用シーズンの風物詩なのだ。

氷河期世代の社員が聞くととても複雑そうな顔をする話だが、新卒は大いに売り手市場、という状況が続いている。つまり学生の方が有利で、圧迫面接なんてよほどの大企業でも論外中の論外である。どの会社の人事部も、優秀な人材に就職先として選んでもらえるよう必死で努力するのだ。

その努力というのも様々にあるが、よくある手法が学生たちに「こうなりたい」と思ってもらえるような現役社員に自分の体験を語らせるというもので、若手の社員がその役割を担うのだ。

「で、それに今川くんが呼ばれたわけ」

今川が理想の働き方をアピールする。キリギリスがアリの振りをして働き方をプレゼンするようなものだが、まあ鳴くのが達者なキリギリス故に、うまく言いくるめるのはお手の物なのだ。

というか、そう言えば何となく自社アピールの時に今川が現れたことが記憶にあるような気もする。ちょっと好意的に思ったような気もする。いや、そんなことはない。あったとしても今すぐ忘れるべきだ。

「丁度野木の時には今川くんが行っててさ、野木の最終面接担当した粕谷(かすたに)くんから話を聞いたらしいのよ。で、協力の業務報告してる時にぺらぺら喋(しゃべ)ったわけ」

「な、な、な――」

――何しろ、オチはこうなるのだから。

それはつまり、課の皆は初めから香苗が面接で忍者OL小説の話を繰り広げたことについて知っていたということになる。面接の時の振る舞いが広まるなんて、普通あり得ないことだ。いや、普通ではない振る舞いをした以上仕方ない面もあるだろうが、それにしても、それにしても。

「ちわっす」

絶句していると、ぺらぺら喋った当の雄司が入ってきた。今日もチャラい。

「今川さん！　質問があります！」

早速、香苗は雄司に詰め寄った。

「わたしの面接の話、言いふらしたんですか！」

「あー、話した話した。だって面白かったもん。粕谷さんも爆笑してたよ」

まったく悪びれることなく、雄司は答えてくる。

「ひどいです！　あんまりです！」

「大丈夫大丈夫。課の外には漏れてないはずだから。多分。きっと。おそらく。もしかしたら。俺の見解では」

雄司が、意地悪く予防線を張りまくってくる。

「もー！」

香苗は激怒した。必ず、この性根極悪の先輩社員に復讐（ふくしゅう）してやるぞと決意した。

「インテグリティ（倫理観とか信頼性）が不足してるんですね！」

憤怒と共にビジネス用語を振り回しつつ、香苗は画面越しに急所の一手を放つ。

「今川さんの言うことって、信用ならないってことですね。トイレに行くとか言って、お菓子とか食べてそうですよね。――雪の宿とか」

「や、やめてよ野木さん。冗談きついなあ」

雪の宿と聞いた途端、それまでヘラヘラしていた雄司の顔色が変わった。

「今川。なんか狼狽えてない？」

宏美が、雄司の動揺を目ざとく見抜く。

「そういやこの前、専務の話ぶった切ってトイレ行ってたよね。まさか、本当に雪の宿食べてたのかい」

課長も乗ってきた。

「そんなわけないじゃないですか。野木さん、困るよ。なにを根拠に言うんだ」

雄司がおろおろ弁明する。

「根拠ですか？　忍びの情報網です」

そう言って、香苗は笑ってやる。

「そんな、意地悪な――」

「さて、その話はまたおいおい聞き出すとして。そろそろ会議始めようか」

課長が、雄司の悲鳴を遮る。あれやこれやと話している間に、メンバーが揃（そろ）ったのだ。

「よろしくお願いします」

香苗は気持ちを切り替えて、気合いを入れる。今日も、頑張ろう。

第三話　家事とこたつ

武庫里奈津にとって、今日は久々の息抜きだった。

「むっこ先輩、元気そうでなによりです」

相手は、学生時代に所属していたゼミの後輩である野木香苗だ。東京で就職した彼女が、連休で実家に帰ってきた。そして、奈津に久々に会いたいと連絡してくれたのだ。

「香苗ちゃんこそ、元気そうじゃない」

奈津は、そう言って微笑む。実際、一時期よりも随分と香苗は明るくなった。以前何度かＬＩＮＥのビデオ通話で話したのだが、香苗は「あれをしないと」「これをしないと」と随分切羽詰まった感じで過ごしていた。今はそんな感じがしない。

「えへへ、おかげさまで」

そう言って、にぱっと香苗は笑う。学生の頃と変わらない、素直な笑顔だ。

「でも、職場にチャラめで意地悪な先輩がいて。わたしが面接でしちゃった変なやり取りのことを言いふらしたり、仕事中にからかったりしてくるんです。ひどいですよね！」

むーと香苗がむくれた。思わず微笑んでしまう。香苗が職場で愛されていることが、よく伝わってくる。彼女の愛嬌は、社会に出てからも通用しているらしい。

「でもまあ、わたしが肝心なところで抜けてるからなんですけど。あー、むっこ先輩みたいに落ち着いた大人の女性になりたいなあ」

愛嬌で世渡り――というとズルい系女子のようであるが、香苗自身にその自覚は一切ない。

愛嬌があることに気づかず全力投球して空回る、その様子が新たなる愛嬌を生む。己の可愛さをまったく使いこなせていない、そんな姿が可愛らしい。カワイイは作れる、などという言葉があるが、作った可愛さはどこまでいっても所詮作り物だ。彼女のような本物とは、比べものにならない。うーん、ちょっと妬ましいかも。

「わたし、そんな立派じゃないよ。全然大人なんかじゃない。今も香苗ちゃんのこと妬んでるし」

奈津がそう言うと、香苗は大口を開けて笑った。無邪気さがどかんと周囲に放たれる。

「わたしのどこに妬む要素があるんですか！」

「そういうところ」

「ますます分かりません！　むしろ焼き餅焼いちゃうのはわたしの方ですよ。素敵な彼氏さん——じゃない、婚約者さんもいますし」

香苗の目が、奈津の左手の薬指に注がれた。そこには婚約指輪が輝いている。奈津の誕生石であるダイヤモンドだ。

「そうね」

奈津は頷く。本当を言うと、奈津は誕生石ならダイヤモンドよりもモルガナイトの方が良かった。きらきらしたダイヤより、控えめで柔らかい感じが好きだったのだ。勿論ダイヤモンドの方が高価なのだろうが、値段には興味がなかった。

だから、彼が「婚約指輪を買おうと思う」と言ってきた時、奈津はそれとなく伝えてみた。

「まあまあ、俺に任せといてよ」

彼氏は奈津の話に周期的に相槌を繰り返してから、そう言った。

「安い方の宝石選んだって思われたくないし。しっかり給料の三ヶ月分出すからさ」

お金を出すのは俺なんだから、と言われたわけではない。でも実際のところはそうなので、奈津はそれ以上何も言わなかった。

「むっこ先輩？」

香苗に声をかけられ、奈津は我に返った。

「ううん、なんでもない」

そう言って、香苗に微笑んでみせた。買ってもらっておいて、不満を持つなんて良くない。彼の給料の三ヶ月分もするのだから、嬉しく思わなくては。

もうしばらく喋ってから、奈津は香苗と別れた。香苗は夕食も一緒にと誘ってくれたが、奈津は「彼が休日で、家にいるから。夕食を用意してあげなくちゃ」と答えた。香苗は「ラブラブですね」と言ってむーとむくれた。

彼と暮らしているマンションには、すぐついた。ターミナル駅のすぐそば、デザイナーズマンション、エントランスのオートロック、床暖房、ウォークインクローゼット、システムキッチン、二十四時間換気システム――賃貸検索サイトのこだわり条件のチェックマークを全部入れたようなマンション。その最上階角部屋で、奈津は彼と住んでいる。一緒に暮らすために彼が借りたものだ。

専用のICカードでロックを解除し、エレベーターに乗る。連絡は入れない。インターホンに邪魔されるのを、彼は好まないからだ。

結婚したら注文住宅を、と彼は言っている。場所も、会社も、大体の間取りも既に決めているそうだ。先日、「壁紙の種類とか、選んでおいて」と資料を渡された。彼は「子供っぽい柄じゃないやつでお願いね」とも付け加えた。きっと周囲には、「奈津と意見を出し合って決めた」と言うのだろう。そして、「そうだよね？」という笑顔を奈津に向け、奈津は頷くのだろう。

部屋の前に立つ。表札には、彼の名字だけが掲げられていた。奈津の名字は、ない。

「名字、俺のだけでいいよね。変わった名字って、悪目立ちするし」

表札の話になった時、彼はそう言った。奈津は何も言わなかった。大学時代の友人たちは「むっこ」と読んで親しみを表してくれるという話も、しなかった。

「大体武庫里ってさあ、なんか相撲取りみたいじゃん。にーしー、むこのさとーみたいな」

彼は、面白いことを言っただろうという顔で笑った。奈津は、目を逸らしながら唇を緩めてみせた。小学生の頃、クラスの男子にまったく同じ表現でからかわれたという話は、しなかった。

「まあ、いいでしょ」

ひとしきり笑ってから、彼は言った。

「結婚したら、ちゃんと同じ名字にするんだし」

ちゃんと。そんな言葉が、耳に残っている。

「ただいま」

玄関を開けて入ると、中に声をかける。

「おかえり」

彼の部屋から、返事が聞こえてきた。返ってきたのは言葉だけで、扉が開くこともない。

――インターホン云々（うんぬん）の話になった時、奈津は珍しく抵抗した。邪魔、という言葉が引っかかったのだ。彼の言う通りにするということは、彼の邪魔にならないように配慮しながら生活するということになるのではないか、と感じられたからだ。一緒に暮らすというのは、そういうことではないはずだ。ただいまと言えばおかえりと言ってもらえるような、そんな居場所を作るということではないのか。

「そうか、分かった。ただいまおかえりが言いたいってことなんだよね。じゃあ言っていいよ。俺も言うから」

奈津の言葉が終わるか終わらないかのところで、彼はぱん、と手を叩（たた）いた。

「インターホンは誰が来たか確認しないといけないけど、それよりは大分負担軽いしね。OK。そうしよう」

自分はできる範囲で譲歩した。だからこの話はここで終わり。全身からそんなオーラを出すと、彼は自室に戻り、出てこなかった。奈津も、後を追ったりはしなかった。

今日も、奈津は彼の扉の部屋を開けたりはしなかった。そのまま自室に移動し鞄を置くと、ダイニングに向かう。

ダイニングには、テーブルと一対の椅子が置かれている。どちらも真新しく、そして明らかに高級な品だ。

リビングも同様である。ソファに大きなテレビ、お洒落な調度品などなどで整えられている。テレビ台やカーテンまできっちりしている。高級な品で揃えることを一番の目的とした、そんなインテリアである。

どちらも散らかっていることもなく、綺麗だ。奈津がこまめに掃除している故である。彼の部屋やトイレなども含め、掃除はすべて奈津の担当だ。

昼ご飯を食べた後のお皿が、テーブルの上に置いてあった。彼は自分で料理をせず、宅配の類も使わない。冷食も好まない。昼食は、奈津の作り置きだ。少し早起きして、用意したものである。

「いいじゃん。行っておいでよ」

数日前。後輩の女の子と出かけたい、と伝えたところ、彼はうんうんと頷いた。

「昼ご飯はお願いね」

そして、そう付け加えた。

置いてあった食器を食洗機に入れ、ボタンを押す。彼は自分で料理をしないし、掃除もしない。お風呂も洗わないし、洗濯もしない。買い物もしない、ゴミ出しもしない、食器を食洗機に入れることもしない。

食洗機の音が響く。これを聞く度に、奈津は彼との会話を思い出す。

「食洗機ってほんと便利だよね。これで奈津も楽だよね」

この部屋に住むと決まった時。備え付けの食洗機を前に、彼は言った。家事はすべて奈津がやることを前提とした言葉だった。

そして彼は、笑顔で奈津をじっと見てきた。奈津が礼を言うのを待っているのは、明白だった。

「ありがとう」

奈津がそう言うと、彼は心底満足げな表情を見せた。しっかり金を出せる男と一緒になるのは幸せだよ、家事だけやってればいいんだから。そんな声が、聞こえてくるようだった。

壁に掛かっている時計を見ると、夕食の支度を始める時間だった。部屋着に着替え、エプロンをする。奈津の体にぴったりの、可愛らしいデザインのものだ。

夕食の時間までにはまだ結構あるが、早めに取りかかっておく必要がある。料理は、すべて手作りだからだ。

高級なものだらけのこの部屋だが、ホットクックのような自動で調理できるタイプの道具はない。「手を抜いた料理って、それなりの味しかしないもんね」と彼が言うからだ。その代わり調理器具は、ないものはないというほど揃(そろ)っている。「なんでも使えて楽しいでしょ」とは彼の言葉だ。

冷蔵庫の前に立つ。勿論最高級のものだ。手をかけて、それなり以上の味がするものを作らないと。道具があるんだから、楽しく料理しないと。奈津はよく、自分に言い聞かせている。

――彼と婚約すると決まってから、奈津は手芸用品店での仕事を辞めた。彼と話しているうちに、そういう結論になったのだ。

学生時代にずっとアルバイトして、卒業が近づくと社員登用の声がかかりそのまま就職した職場だった。奈津にとって、まさに天職だった。しかし、彼は奈津が仕事を続けるということを頭から考えてなかった。

「俺、女の人に働かせなくてもいいくらいの稼ぎはあるから。苦労はさせないよ」

外で働いている女性はみんな、稼ぎの良くない夫と結婚してしまったからだ。女性が外で働くのは、イコール苦労だ。そんな価値観を前提とした、喋り方だった。

「――よし」

あれこれ考えるのを止めて、奈津はやることを決めた。料理の準備。時間のかかる作業の合間に掃除。「担当分お願いね」とは出かける前の彼の言葉だ。冷蔵庫から材料を出して並べていき、きゅうりを手に取ったところで、ふとあることに思い当たった。奈津は、彼がきゅうりを食べているところを見たことがない。

一度、パプリカを使った料理を出したことがあった。とても美味しくできたが、彼はパプリカを見るなり不機嫌さを露わにし、箸を付けることさえしなかった。

彼は「パプリカは大体外国産だから」とか色々理由を付けた。ならば国産パプリカを探して再挑戦、という手もあるはずだが、奈津はそうしなかった。産地がどうだ、というのは建前だろうと見当がついたからだ。奈津自身はパプリカが好きだった。しかしそれ以降、料理にパプリカを使っていない。

もし彼がパプリカと同じようにきゅうりが嫌いだったとして、「きゅうり嫌い？」と聞くと彼は不快そうな顔をするだろう。自分が好き嫌いが多いというのを、彼は自分で認めたがらない。彼の両親はさほどそういう作法や行儀に細かい人ではなかったので、誰かにからかわれたことがあるのかもしれない。

ひとまずまな板で、他の材料を切る。同時進行で、彼の機嫌を損ねずに聞き出す方法を考える。何かと比べるような提案をして、その結果から考えるべきか。あるいは、食事中にそういう会話をしてそれとなく聞き出してみるか。

とりあえず、提案する形で様子を見てみよう。そう考えて、奈津は彼の部屋の前まで行き、扉をノックした。

返事はない。もしかしたら、寝てしまっているのだろうか。その場合、毛布くらいはかけてあげたい。空調はしっかりしているが、今は冬である。暖かくするにこしたことはないはずだ。

起こさないようにそっと扉を開けて、中を覗く。彼は寝てはいなかった。こちらに背を向け、椅子に座っている。返事がなかったのは、彼がノイズキャンセリングヘッドホンを付けていたからだった。ノイズキャンセリングヘッドホン。奈津は、その場で動けなくなった。ノイズ、キャンセリング、ヘッドホン。

声が大きくない、むしろかなり小さい方の奈津の「ただいま」が聞こえたのだから、きっと奈津が帰ってくるまではつけていなかったはずだ。今になってつけているというのは、どういうことか。簡単な話である。奈津の夕食の支度が、うるさかったのだ。彼にとって、ノイズなのだ。雑音なのだ。奈津の立てる音は。奈津のやることは。

今日は休日であり、彼は休日に仕事をしない。「休日でもしないといけない仕事は、休日まで働かなくちゃいけない程度の人間のためにある」というのが彼の考えだ。「本当に仕事ができる人間は、本当に休むことができる人間」とも言っていた。だから彼は今、余暇を過ごしている。余暇の邪魔だから、ノイズを消すためのヘッドホンをしている。

奈津の存在をシャットアウトして、彼は何をしているのか。大きな画面に映し出されているのは、良識的ではないタイプの動画配信者だった。リビングのテレビで、その動画を何度か見せられたことがある。

「ほんと、こういうやつらってバカでさあ。だから面白いんだ。随分減ったけどね。昔はもっと沢山いたのに」

配信者たちが違法行為ギリギリの「バカ」をやっているのを見ながら、彼は言った。

「ちょっと投げ銭的なことをしたら、もっとバカなことするんだ。試してみる?」

奈津は、自分にはよく分からないから他のものを見たいと言った。彼は一緒に見ようとは言わなくなった。かと言って「他のものを」という奈津の意見に耳を傾けることもなく、こうして自分の部屋に入って一人で見るようになった。

彼が忍び笑いを漏らした。こういう動画を見る時、大きな声で笑うことを彼はしない。多分、愉快で笑っているからではないからだ。これは、人が人を嘲笑う時の笑い方だ。

そっと扉を閉め、ダイニングに戻ると、奈津は椅子に座り込んだ。――料理が、始められない。

友人知人の中には、願ってもない玉の輿だという人も少なくない。とても幸運だと、羨ましがられることもしばしばだ。そう思おうとしている。なのに、気持ちが浮き立つことはない。むしろ、最近は沈み込むことが増えてばかりいる。

気持ちが沈み込んだ時、思い返す彼の言葉がある。必ずしも、そうしたいわけではない。勝手に浮かび上がってきて、頭をいっぱいにしてしまうのだ。その言葉について考えて、考えて、疲れ果ててしまうのだ。

「人の一生って限りあるわけだし。人生の時間の浪費って、あんまりしたくないんだよね。合理的じゃないじゃん」

そんな、言葉だ。考えても、考えても、答えは出ない。結婚しても、彼は変わらないだろう。「結婚したらもっと稼がないといけないのに、仕事に割くべき労力を違うことに使うとか、合理的じゃないじゃん」とでも言うに違いない。

むしろ、より奈津のやることが増える可能性はある。彼は、子供が欲しいと言っていた。ただし、子育てをしたいとは言っていなかった。「仕事のための労力を削って、奈津でもできることをやるのって、合理的じゃないじゃん」ということなのだろう。

本当に、答えが出ない。人生の時間の浪費になると思われている作業を引き受け続けるのが、合理的な結論。そんな自分の人生とは、一体何なのだろう——

「きゅうり、いいですね」

そんな声がした。彼のものではない。声質が違うし、彼が奈津に丁寧な話し方をすることはない。

奈津は、リビングの方を見る。

リビングには、こたつがあった。割と年季の入ったこたつで、高級品揃い（ぞろい）のリビングで圧倒的な異彩を放っていた。

そしてこたつには、一匹の犬が入っていた。見るからにふかふかとした毛並みの柴犬（しばいぬ）だ。人間のような姿勢で、こたつに入ってぬくぬくしている。

「犬、ですか？」

そんな質問が、口をついて出た。いや見た感じ犬なのだが、状況といい様子といい言葉を話したらしいところといい、どうにもこうにも犬らしくない。

「ええ。犬は結構きゅうりが好きなんですよ」

犬はそう答えると、尻尾をぱたぱたさせた。

「へええ」

奈津はすっかり驚いてしまった。妖怪か何かなのだろうか。霊感の類(たぐい)はとんとないので、初めてのことである。世の中には、不思議なこともあるものだ。

「どうです、こたつに入られては。ほっとしますよ」

犬が勧めてくる。悪い犬ではなさそうだしお呼ばれしようかとも思ったが、やはりそうもいかない。

「でもわたし、家事をしなくちゃ。というか、犬さん。どうしましょう。彼と貴方(あなた)を会わせると、ちょっと難しいことになるかもです」

奈津は困ったことに思い当たった。彼は動物が嫌いなのだ。自分の知らない間に犬がこたつと一緒に部屋に入り込んでいたとなると、どんな反応をするやら想像もつかない。

「少しお邪魔するだけですし、大丈夫ですよ」

犬は、微笑(ほほえ)みかけてきた。

「貴方は召使いではありません。少し休憩したっていいんです」

――どうしてか。その言葉に、奈津は自分の心の深い深い部分が揺れたように感じた。その揺らぎはひどく大きなもので、奈津をふらふらとこたつの前まで運んでいく。奈津にエプロンを外させ、そしてこたつの中に入らせてしまった。

「あったかい」

　こたつに入るなり、奈津は呟いた。部屋は空調がしっかり利いていて、寒いということはない。しかし、このこたつの暖かさはまた別ものだった。ただただ心地よくなるためにある、そんなぬくもりだ。

「そうでしょう。どうぞ、ごゆっくり」

　犬が言ってくる。それに頷きかけてから、はっと奈津は我に返る。

「でも、わたし掃除とか夕飯作りとかやらないと」

「それなら、わたしが一肌脱ぎましょう。肌というよりはむしろ毛皮ですが」

　そして、そんなことを言うと立ち上がる。

「まずはお掃除からですね」

　犬はどこからともなく、はたきやちりとりを取り出した。いつの間にやら、雑巾やバケツまで用意されている。

「広いお部屋ですし、犬の手も借りたいことでしょう。お任せください。猫めらよりも役に立ってご覧に入れます」

　頭にバンダナを巻くと、犬は掃除を始めた。

「ふう、完了です」

　そして、あっという間に終わらせてしまった。

「す、すごい」

奈津は圧倒された。家事が苦手ではない方だが、とても敵わない。作業の速さ、手際の良さ、仕上がりの丁寧さ、全てが人間離れしている。いや、元より犬なのだから人間に近いわけはないのだが、それにしても。

「まるで、新築みたい」

ありきたりな表現だが、そうとしか言いようがない。部屋が、文字通り生まれ変わってしまっている。

「ありがとうございました。それでは、夕飯の準備をしますね」

奈津はこたつから出て、エプロンを着け直す。

「いえいえ。大丈夫です」

すると、犬が押しとどめてきた。むにむにと前足の肉球で奈津をこたつへと押し戻していく。

「おや?」

犬が、奈津の着けているエプロンに目を留めた。

「そちらのエプロンですが、もしや手作りですか?」

――どきり、とした。嬉しさと照れに、気まずさとよく似た何かをブレンドした、そんな言葉にしにくい何かが胸に湧き上がってくる。

「ああ、ええ、まあ。自分で作りました」

エプロンに、手を触れる。型紙を起こすところから自分で作った、完全ハンドメイドのものだ。

手芸用品店で働くだけでは飽き足らず、奈津は休日にもこうしてあれこれ作っていた。まあ、世の中には趣味がドライブのタクシー運転手や小説を書く気分転換に小説を書く作家もいるというし、平日は手芸用品を売り休日は手芸品を作る人間がいてもいいだろうというのが当時の奈津の理屈だった。

「素敵なエプロンですね。とても貴方らしいというか、似合っています」

「いえ、そんな」

俯いてしまう。確かに、サイズは自分にぴったり合わせたし、デザインも自分好みのふわふわとした感じのものだ。しかしこうして他の誰かから褒められてしまうと、やはり嬉しい。嬉しくて、そして少し——苦しい。

「手芸、お好きなんですか」

犬が訊ねてきた。

「はい。そうなんです。前はインターネットで売ったりもしてたんですよ」

勢い込んでそこまで喋（しゃべ）ってから、奈津はふと肩を落とす。

「最近は、やってないんですけど」

彼には、やめろとまでは言われていない。しかし、実際のところ不可能だった。奈津は、手先が多少器用なだけで要領がいいわけではない。彼が遠回しに要求してくる家事のレベルを達成しようと思ったら、趣味に割く時間は用意できないのだ。

たとえば彼には休日があり、趣味の動画鑑賞を楽しめる。しかし、奈津はその休日にも家事をこなし続けなければいけない。手芸に没頭するなど、夢のまた夢だった。

「なるほど」

犬は深々と頷くと、こたつから出る。その手には、エプロンがあった。可愛（かわい）らしい柴犬のシルエットと、肉球がデザインされている。大きさは、犬にあつらえたような大きさだ。

「それでは、引き続きやなことを代わってあげましょう」

そう言って、犬がエプロンを締める。

「さあ、どうぞ遠慮なくサボってください」

両の前足を腰に当てて、犬はそんなことを言った。

「いや、やなことだなんて」

奈津は狼狽（うろた）えた。きっと、家事のことを言っているのだろう。どうやら、代わってあげなくてはと思ってしまうほど嫌がっているように見えたようだ。とんでもないことである。家事は、奈津の役目なのだ。

「そんな、わたしは」

でも。違うと、言えない。言おうとしても、どうしても言葉が出てこない。

「夕飯も、わたしが作ってあげましょう」

「え、いやそんな。いいですよ」

驚いて、奈津は犬を見上げた。

「ぴかぴかに掃除してもらっただけでも本当に申し訳ないのに」

「一宿一飯の義理というではありませんか。一度宿を借りたら、一度の食事で返すのが古来の決まりというものです」

「それ、多分意味が違うような――」

「まあ、まあ」

そう言って奈津に片方の前足を向けると（人間が、「まあまあ」と言いながらよくやるジェスチャーそのままだ）、犬はキッチンへと向かう。

「いいのかなあ」

ちらりと様子を窺(うかが)ってみる。犬は包丁一本で野菜の皮を剝(む)いたり、とんとんと切ったりしていた。

その手並みは、掃除同様とてつもなく鮮やかだった。単に上手なだけではなく、経験を重ねて磨き上げた熟練の技といえる。

店員の調理する姿をサービスの一環として客に見せる料理店を劇場型店舗というらしいが、まさに劇場的と言えた。犬のお料理シアターである。

経験を重ねる。ふと、そんな言葉が脳裏にとどまった。人間は大抵のことに慣れる。つらい仕事だろうと、つまらない生活だろうと、いつしかそれが普通だと受け入れていく。ほんの少しだけの楽しみを見つけ出して、それでどうにかこうにか人生を凌いでいく。

ならば。彼との関係にも、慣れていくのだろうか。彼の合理的な人生を支え続ける人生にも、生き甲斐を見出していけるのだろうか。

——彼と知り合ったのは、知人の紹介だった。知人というのは、「学生時代に少し仲が良かった友人」「が今所属している友達グループ」「にいるらしい人」——くらいの、本当に「存在を知ってはいる人」だった。

あまり気が進まなかった。よく知らない人の誘いというのは、警戒してかかる必要がある。

焼肉パーティーをするというので行ってみたら、使っている鉄板やらソースやらがいかに素晴らしいか説かれ、「この会社の商品を大勢の人に勧めれば、沢山お金を稼げて素敵な人生が手に入る！」と説得されるとか。お茶会をするというので行ってみたら、「第七次元にいる高次の存在と連絡を取ることができます」なんて話をする人が現れ、「彼らとチャンネルするパワーを身につけるために、セミナーとトレーニングを受けましょう！」と勧誘されるとか。現代日本は、危険でいっぱいなのだ。

それは分かっているのに、奈津は何か理由を付けて断るということができなかった。生来、ＮＯというのが苦手で仕方ないのだ。逆に、「話を繋いでくれた友人に悪い」とか「休日そこまで忙しくないし」とか断らない理由をあれこれ用意しながら、指定されたお洒落なカフェに出かけていった。

『こんにちは、はじめまして』

「学生時代に少し仲が良かった友人が所属している友達グループにいるらしい人」はその時現れず、彼だけがそこにいた。

お洒落なカフェに、二人っきりという状況。不安にかられた奈津が俯いていると、彼は言った。「噂通り、感じのいい人ですね」と。

彼は、一目見て奈津を気に入った。少なくとも本人は、最初の頃そう言っていた。そして、目くるめく日々へと奈津を誘った。

綺麗な夜景、高級なディナー。豪華な誕生日パーティー、素敵なプレゼント。奨学金とアルバイトでどうにか大学を出たような奈津には、一生縁がないはずだった世界。夢のような煌びやかさに呑まれている間に、いつしか奈津は彼と婚約していた。

その先にある今の暮らしだって、夢のようなものだ。しかし、「夢のような」だけであって、夢ではないのではないか。この先に続いているのはやはり現実で、それはもしかしたら——

香ばしい、とても美味しそうな匂いが漂ってきた。奈津がとめどなく考え込んでいる間に、料理は進んでいたらしい。

「うー」

思わず奈津は呻く。お腹が空いてきた。昼間にお茶とスイーツを頂いてきたわけだが、実のところ今日は起きてからそれ以外食べていない。「最近ちょっと太った？」なんてことを彼に言われて、ダイエット中なのだ。

「出来上がりましたよ」

そんな奈津の目の前に、お皿がどんと置かれる。盛り付けられているのは、焼きそばだった。

やたらと手の込んだ至高の焼きそばだか究極の焼きそばだかみたいなものではなく、袋にいくつかのチルド麺と粉末ソースを詰め込む形で売られているタイプのものだろう。さっと簡単に作れるものだ。

「おいしそう」

それでも、奈津は感動した。

明らかに、ささっと作られてはいない。青のりに紅ショウガといった細かいトッピングまで、ばっちりだ。日々誰かのために食事を用意する人間には分かる。この焼きそばは、「家庭料理」として最上級の労力が注がれた一品だ。

「いただきます」

手を合わせ、犬から箸を受け取る。ダイエットとか何とかいったことはすべて頭から吹き飛んでいた。脂肪は今じゃなくても減らせる。しかしこの焼きそばを味わえるのは今だけだ。

奈津は早速麺をぐわしと挟み、具を道連れに口の中へと連れ込んだ。

「――――！」

焼きそばを頬張りながら、息を呑む。

間違いなく、チルド麺と粉末ソースの味だ。しかし、そのポテンシャルが可能な限り引き出されている。炒め加減、ソースの絡め方、そういったちょっとしたテクニックが縦横無尽に駆使され、圧倒的な完成度を誇っている。

奈津は感動する。ファストファッションの服でも、お洒落な人が着こなすと素敵に見えるように。チルド麺だって、美味しく作れるのだ。

具も素晴らしい。キャベツ、豚こま、人参、玉ねぎ。普通のものばかりだが、いずれもベストオブベストの状態である。それぞれ火の通るタイミングは違う以上、すべての仕上がりを揃えるにはかなりの工夫と、そして——気持ちが必要だ。美味しいものを作ろう、という熱意がないと、こうはいかない。

「おいしい、なあ」

どうしてか、奈津は泣きそうになった。誰かが自分のために心を込めて作ってくれたご飯というのは、こんなにも美味しいものなのか。

「そんなに喜んでもらえると、作った甲斐があるというものです」

犬が、奈津の向かいによっこらせと入ってきた。その物言いは、少し照れくさそうだ。

「はい、はい」

感謝と共に更に焼きそばを食べようとしたところで、ふと奈津は箸を止めた。

「これは——パプリカ？」

赤と黄の野菜が、短冊形に切られている。形は揃っていて、大きさにもばらつきがない。

やはり手際の良さは本物だった。

「焼きそばの具といえばピーマンの方がメジャーですが、中々パプリカもいけるものですよ」

「そうですね、そう思います」

奈津は頷いた。自分で作ったことだって、何度もある。ひと工夫すれば、十分活躍できるのだ。

「でも、どうしましょう。彼、パプリカ嫌いなんです」

大変なことに思い当たる。どんなに工夫されたものでも、そもそも活躍の舞台が与えられないかもしれない。

「致し方ありません、それではまた違った感じにしておきます。なあに、朝飯前ですよ。もう夕飯時ですが」

そう言うと、犬がふふふと笑う。自分のジョークが気に入ったようだ。

「そんな、申し訳ないですよ」

奈津は慌てた。犬は気軽に言うが、こういう主食的な料理を一度作ってからまたやり直すのはとても大変なことだ。手間もさることながら、心理的な問題である。最初に作った時の、何倍もの気力が必要になる。

「というか、パプリカはどこから？」

奈津はそんなところに思い当たった。この焼きそばと、冷蔵庫の中身とが一致しない。考えてみたら、そもそも麺からしてない。つまり、犬が自前で用意してくれたことになる。犬は何やら旅路の途中のようだが、焼きそばの材料一式をこたつに積んで移動しているのだろうか。

「細かいことは気にしないでいいんですよ。さあさあ召し上がってください」

犬が勧めてくる。ＮＯの言えない奈津であるからして、疑問はさておき再び食べ始める。

「ああ、美味しい」

そもそも、言う必要もなかった。素晴らしい焼きそばを堪能（たんのう）すること以外は、すべて些事（さじ）なのであった。

「ごちそうさまでした。ありがとうございました。本当に美味しかったです」

食べ終わると、奈津は皿を下げようとする。

「いいですよ。どうぞごゆっくり」

すると、犬は代わりにお皿をキッチンへと持って行ってくれた。

「ああ、そんな。それくらいは」

「いいのです。ゆっくりしていてください」

「ふう、お腹いっぱい」

ただご飯を食べるだけ。あとは何もしなくていい。これは割と、とんでもなく贅沢なことなのではないだろうか。

「満足して頂けたようで、なによりです」

奈津がこたつに入ってのへーっとしていると、犬がキッチンから戻ってきた。食洗機の音が聞こえる。お皿を洗っているのだろう。

「はあ。よっこらせ、どっこいせ」

犬が、おじさんそのもののかけ声と共にこたつの向かい側に入ってくる。

「ふむ」

そして、うつらうつらとし始めた。可愛らしい顔が、こっくりこっくりと揺れる。頑張って疲れてしまったのだろうか。だとすると、やはり夕食は奈津が作らねば。

しかし、どうにもこたつから出られない。やらないと大変なことになるのは、分かっているのに。ひとまず献立だけでも決めようとするのだが、できない。考えようとすると、体の芯に鈍い感覚が溜まっていく。

「ご飯支度できなくなるんだったら、先に言っておいてほしかったな」。彼の声を脳内でシミュレートする。「そうしておいてくれたら、ウーバーイーツでなんか注文するとか色々できたのにな。まあ今からでもいいけどさ」リアルにできてしまう。「ほら、そっちの分も注文するけど？　なにかお腹いっぱい食べてきてもう無理だったら、今度こそ先に言ってね。届いてからやっぱりいらないとか言われても困るし」言われてもいないのに落ち込んでしまうほどのリアリティ。『ほう・れん・そう』ってさ、家庭生活でも大事だと思う」

「――おっと、うとうとしておりました。惰眠を貪るなど、駄犬の証です」

奈津が脳内の仮想彼に謝っていると、犬が目を覚ました。丸々した体を揺すると、前足を突き上げてうーんと伸びをする。

「おや？　随分とお悩みの様子ですね」

「ええ、まあ。ちょっとシミュレートが」

奈津の説明は明らかに意味不明なものだったが、犬は、何やら得心したように頷いた。

「ふむ、なるほど。シミュレートですか。それではわたしがお付き合いしましょう」

耳をぴんと立てて、犬がそう申し出てくる。

「犬も、いつまでも狩りや番犬をやっているばかりでは、時代に取り残されお役御免になってしまいます。スキルアップを図るため、色々とチャレンジするというわけです」

「お掃除できたりお料理できたり、既にとっても優秀だと思うんですけど」

奈津は首を傾げた。そんなに必死にならなくても、既に十分オンリーワンの個性を身につけていると思う。

というかそもそもの話、このまま夕食の時間になり、部屋から出てきた彼の前にこたつに入って喋る犬がいたらどうなるのだろう。犬が作ったご飯を彼は食べるのだろうか。奈津が変な生き物を部屋に上げたと怒り出したりはしないだろうか――

「さあ、さあ」

あれこれ悩む奈津を、犬が急かしてくる。

「ええと、じゃあ、晩ご飯の献立はなににしたらいいでしょう？」

ついつい、奈津は答えてしまった。

「お任せください」

言うと、犬はフェルトペンとフリップを出してくる。

「こういうものは、いかがですか？」

そしてフリップに何やら書くと、こたつの板に立てて奈津に見せてきた。まるでクイズ番組の回答か何かのようだ。

『バレずに一服盛ってやれ、パプリカフルコース？』」

　奈津が読み上げると、犬はうむと頷いた。

「パプリカをパウダーにしてスパイスとして使ったカレー、パプリカを隠し味に使ったスープ、パプリカを混ぜ込んだドレッシングをかけたサラダを出します。どれもパプリカを食べているという自覚がないまま、パプリカを口にすることになります」

「あら、名案」

　奈津はぱんと手を合わせた。

「そうすれば、彼はいつかパプリカが食べられるようになるかもしれませんね」

　奈津がそう言うと、犬は目をぱちくりさせた。

「そうですか。わたしとしてはこういう展開を狙っていたのですが」

　フリップを置いて立ち上がると、いきなり犬はふんぞり返る。

「なんだ、ちゃんとしたカレー作れるじゃん。これぐらいなら、まあ会社の同僚を呼んでも恥ずかしくない感じだね」

　言い回しからして彼だろう。会ったこともないはずなのに、随分と上手である。

「うん、頑張りました」

　瞬間、犬は向きを変えてエプロンを着けた。これは奈津を演じているということなのだろう。犬のディープでダンディな声で自分の物真似をされるのは、おかしいというか気恥ずかしいというか、とても不思議な気持ちである。

「貴方も、頑張ってくれましたね」

「言われなくても、仕事はいつも頑張ってるよ。それだけの責任と役割を背負うだけのところに俺はいるわけだから」

犬は、一人二役――犬だから一犬だろうか――を繰り広げる。シミュレーションと言っても、随分とアナログというかお手製だ。

「いいえ、頑張ったのはそこじゃなくて」

「は？　どういうこと？」

「全部パプリカ入りなのに、完食してくれて。頑張ってくれてありがとう」

にやーりと、犬演じる奈津が腹黒い笑みを浮かべる。

「パプリカ、だって」

犬演じる彼が、目と口を大きく開いて衝撃を表す。

「もう、そんな意地悪しちゃダメですよ」

劇場型シミュレーションに、奈津は口を挟んだ。それでは、ただの嫌がらせではないか。

「すいません」

犬はしょんぼりする。耳をぺたんと倒し、しゅんと項垂れる。見ていると何だか可哀想になり、奈津はフォローすることにした。

「でも、パプリカレシピというアイデアはありがとうございます。作ってみたいです。是非詳しく教えてください」

「おお、そうですか」

犬は顔を上げると、尻尾をぶんぶん振った。とても嬉しそうだ。可愛らしい仕草に、思わず微笑んでしまう。

「他にありますか？　なんでも聞いてください」

「他に、ですか？　うーん、そうだなあ」

少し考えてから、そうだそうだと奈津は思い当たった。

「わたしの後輩の女の子が、勤めている職場の先輩とちょっといい感じになるかもしれないんですよ。シミュレートしてもらうこととかできます？」

気になるところである。ぶーぶー文句を言っていた香苗だが、実のところ結構憎からず思っていることくらいむっこ先輩にはお見通しなのだ。

「お任せください。犬の鋭い嗅覚は、恋の予感もしっかり嗅ぎ分けます」

そう言って鼻をうごめかすと、犬はまたフリップに何事か書き始めた。何か不思議な力で分かるのか。それとも、意外と香苗のことを知っていたりするのか。

「こんな感じです」

さらさらと書くと、犬はフリップを見せてきた。

『相性は現時点で五十九パーセント。鍵となるのはきっかけと勇気』。あら、思ったより高いんですね」

六割方上手くいきそう、ということなのだろうか。ちょっとちょっと、これは随分と脈ありなのでは。

「勇気って、どっちのですか？　どういうのですか？」

奈津は、つい勢い込んで聞いてしまう。

「そうですね、こういうことです」

フリップを置くと、犬は再び立ち上がった。

「そりゃあ初めて見た時は、可愛い子だなあ、同じ部署になったらいいなあと思ったけど」

そしてポケットに手を突っ込む姿勢で、ぶつぶつとふて腐れたように話し始める。

「最近なんかキツいし。嫌われてたらやだし、ついからかっちゃうんだよね」

言い回しからして、先輩だろうか。チャラいチャラいと言われている割に、随分と弱気である。

「意地悪ばっかり言ってくるんだもん。最初に会った時は優しかったし、格好いいなあと思ったのに」

今度は腕を組んだ。これはすぐに分かる。香苗だ。

「別に今でも嫌いじゃないけど、意地悪言われたらついわーって言い返しちゃうんだよね。前みたいに優しくしてくれたら、わたしだってつんけんばかりしないのに」

いい大人が揃って、何とも子供みたいなことを言っている。互いに第一印象がとても良かったということなのだろうし、四の五の言わず付き合ってしまえばいいではないか。今度会った時に少し背中を押してあげようか、なんて検討するむっこ先輩である。

「あ、そうだ。今度は、お父さんとお母さんがどんな病気になりやすいか調べてくれませんか？　それが分かれば、がんだったらがん保険に入るとか、あるいはその病気を防ぐためにどういう生活をしたらいいかとか分かりそうですし」

「ええとですね」

奈津の頼みに、犬は困ったような声になった。

「もう少し私利私欲に使ってみませんか？」

「私利私欲、ですか？」

「そうです。先ほどから、誰かのためのシミュレートばかりしているように思います」

言われてみれば、確かにそうである。しかし、いざ自分の私利私欲と言われても困ってしまう。ないわけでもないのだが、使い方というか表現の仕方が分からない。――分からなく、なってしまった。

「占いみたいなものだ、と考えてみてはいかがでしょうか。知りたいこととか、気がかりなこととか。そういうものについて、聞いてみてください」

知りたいこと。気がかりなこと。それは。

「彼と結婚したら、どうなるのか――」

口から言葉が零れ落ちた。慌てて口を両手で押さえるが、もう戻せない。外に出てしまった言葉は、そのまま事実として――奈津の本心として、確定してしまう。

「あ、やっぱり、今のはなしで」

奈津は慌てて、取り消しの言葉にその後を追わせる。

「それより、ほら。さっきのレシピを教えてください。パプリカを色々使ったあのレシピ」

誤魔化しの言葉に、場を取り繕わせる。

――どちらも、上手くいかない。上滑りしている。とぼけようとすればするほど、明白になっていく。奈津が、彼との結婚に不安を抱いているということが、揺るぎない事実となっていく。

犬は何も言わない。はいともいいえとも答えず、奈津の方をじっと見ている。

「そうですか」

奈津が黙り込んだところで、犬が口を開いた。

「であれば、わたしによるシミュレートではなく、専門の機器を利用する必要がありますね」

「いえ、そんな。やっぱりいいです、いらないです。わたしは――」

奈津は立ち上がろうとして、失敗した。転んだとかつまずいたとか、そういうことではない。こたつに――吸い込まれたのだ。

悲鳴さえも、出なかった。何も見えない空間を、奈津はひたすらに落ちていった。

「――はっ」

気がつくと、奈津は真っ暗な空間にいた。

「ここ、は？」

いや、真っ暗というのは必ずしも正しくない。神社にあるような石灯籠が二列、等間隔に並んでいる。石灯籠は、オレンジ色のぼうっとした輝きを放っていた。火が灯されているわけでも、電球が光っているわけでもない。

近寄ってみると、ほっこりとした暖かみを感じる。そこで、奈津は思い当たった。これは、こたつの暖かくなるところに似ている。色合いも、暖かみも、暗い中で光を放っているところも。

「こたつの中、なのかしら」

「そうです。こたつの中です」

奈津の呟きに答えたのは、犬だった。一緒にこの空間にやって来ていたようだ。

「びっくりです。こんな世界が広がっているなんて」

素直な感想を述べると、犬はおかしそうに笑った。

「そう、こたつの中とはすなわち別世界なのですよ。──さて」

犬が、フリップとフェルトペンを差し出してきた。

「シミュレートしたい内容があれば、それに書いてください」

「これに、ですか」

奈津は首を傾げる。こたつの中の別世界に来ても、使用する道具は同じらしい。そもそも、なぜフリップとペンなのだろう。

「さあ、さあ」

犬が押しつけるようにしてきて、仕方なく奈津はそれらを受け取った。ペンの蓋を開け、立ったまま書こうとするが——中々書けない。

「思いつきませんか？」

犬が聞いてきた。

「そうですね。急には、どうも」

フリップに目を落としたまま、奈津は答える。

「それに、なんだか嫌な感じがします」

上手くは言えないが、とても不誠実なことであるような気がするのだ。将来どうなるか事前に下調べした上で結婚するかどうか決めるというのは、ひどく打算的でずるい気がする。

「いいんですよ」

しかし、犬はそう言ってきた。

「結婚とは、人生においてとても大きな節目です。助け合える家族ができるというのは素晴らしいことですが、実のところはそうではなかったのに無理に結婚したら、節目が曲がり角になってしまうかもしれないのですよ」

何も言えないでいる奈津を、犬は丁寧に諭してくる。

「人のことを思いやるのは素晴らしいことです。しかし、自分のことをなおざりにしてはいけません。――犬の分際でおこがましいかもしれませんが、あえて申します。人は自分を大事にできるようになってから、はじめて本当に他人を大事にすることができるのではないでしょうか？」

自分を大事にする――そんな言葉が、胸に刺さる。考えないようにしていた何かが、突き刺さった場所から滲み出てくる。さながら血のように、とめどなく溢れ出してくる。

「見極めるお手伝いを、させてください」

「――分かり、ました」

返事をし、すぐに奈津は咳払いをする。ほんの僅か黙っていただけなのに、ひどく声がかすれてしまっていた。

「やります」

奈津はペンを握り直した。

知りたいか知りたくないかと言えば、知りたい。彼と自分は、上手くいくのか。彼と結婚することで、自分は幸せになれるのか。

そして、知りたいと思ってしまうことに罪悪感がある。本当に彼のことを愛しているなら、そんな懸念は抱かないのではないか。奈津の心のどこかには、愛以外の何かが――あるのではないか。

悩んで、散々悩んで。遂に、奈津はフリップに文字を書き始めた。

『彼と結婚したら――』

どうなる、と書きかけて、少し迷い、横線を引いて打ち消して書き直す。

『彼と結婚してから、彼が怪我や病気で今のように働けなくなったとしたら？』

そんな風に追加してみる。こういう条件だと彼は家事をやるようになり、家事の大事さに気づくかもしれない。ならば、彼には本来的に奈津の苦労を分かってくれる可能性があるということになる。そう思えるだけで希望を持って頑張れると思うし、未来を事前調査するやましさも、条件を限定することで薄れる気がする。

文章を書き終えた瞬間、周囲の光景が一変した。そこは、マンションの一室と思しき空間だった。そう高級でもない、普通の部屋に見える。

「ここで、貴方と彼は暮らしているのでしょう」

驚く奈津の傍らに、犬が立った。

「一般的な集合住宅の一室ですね。いかがですか？」

犬は、奈津を見上げてくる。

「わたしは、別に不満とかはないです。ただ、彼が納得するのかなって」

彼は、あらゆるものをステータス基準で考える人間だ。住んでいる部屋のグレードは、住んでいる人間の値打ちをそのまま表す――くらいのことを考えている。普通の部屋に住むのは、彼理論だと「普通の部屋に住む程度の人間」であるということになる。彼の自尊心が、それを許すだろうか。

「シミュレーションしてみましょう」

犬はうむと頷いた。

「さきほどよりも、より高いシミュレートを行いましょう。わたしだけで二人の役をこなすのは大変でしたから、やり方を変えます」

「やり方を変える、ですか？」

奈津はきょとんとする。一体、どうやるというのだろう。

「自分だけでは大変だから、同じように立って歩いて喋る猫を呼ぶとかでしょうか」

「猫めにこの役割は任せられません。わたしが責任を持ってやります」

そう言うと、犬は何やら精神を集中し始める。

「分身の術です。ドロン」

そして、伝統的な忍者がやるあのポーズと効果音を繰り出した。元よりおじさんのような犬だが、いやはやこれは極めつけだ――なんて思っている奈津の目の前で、犬は宣言通り二匹に分身した。

「ええっ」

奈津はぶったまげる。喋る犬、こたつの中の異空間。もう何が来ても驚かないような気分でいたが、それは大きな間違いだった。

「わたしは、彼役です」

「わたしは貴方役です」

並んだ二匹の犬が、自己紹介してくる。

「一時的に分身したのです」

「少ししたら元に戻ります」

「すいません、どう区別を付けたらいいのでしょう」

奈津は、そう訊ねた。見た目も声もまったく同じで、さっぱり見分けられない。

「ふむ」

「区別」

「どうしたものですかな」

「思案のしどころですな」

二匹の犬は向かい合い、打ち合わせを始める。

「よりリアリティを高めれば」

「区別もしやすくなりますな」

「それではまずは彼役のわたしから」

「はい、早速よろしくお願いします」

犬の片方が、またも忍者のポーズを取った。すると、出で立ち（いでたち）が変化した。上下スウェットになったのだ。スウェットは首元も腰のゴムも緩んでいて、何ともだらしない雰囲気だ。

「わたしは彼です。怪我で働けなくなり、無職になりました」

犬は元々丸い体型だが、よりぽよんと太ってしまっている。犬故に全身毛なので分からないが、多分無精髭（ぶしょうひげ）だらけだったり髪も中途半端に長かったりするのだろう。

「無職、ですか？　その、今のように働けなくなったらどうなるんだろうと思っただけで、なにも職を失ってしまえとまでは思ってなかったのですが」

奈津が戸惑っていると、彼役の犬は前足を組んだ。

「『前より劣る』と見える職場や職種で働くことは、彼のプライドが許さないのでしょうね。そのため、最終的に無職になる以外ないというわけです」

「――なるほど」

説得力のある説明だ。哀(かな)しくなるが、しかし大いに納得してしまう。

「では、わたしもリアリティを追求します。ドロン」

奈津役の犬が、忍者ポーズを通る。すると、スーツ姿になった。女性もののスーツなので、何だか女装しているようだ。

「年収や労働時間を見るに、随分と頑張って働いていらっしゃいますね」

犬が、ポケットからスマートフォンを取り出して言った。画面に、奈津のプロフィールが映っているのだろうか。見せてもらおうかとも思ったのだが、なぜか躊躇(ためら)われた。

「さあ、始めましょう」

「ええ、始めましょう」

奈津がまごついている間に、犬が話を進める。

「中断したくなったら、いつでも言ってくださいね。さて、それではシミュレーションスタート」

犬たちは、寝室に移動してベッドに横になる。そこから始めるらしい。なるほど本格的だ。

朝。奈津役の犬が、パジャマからスーツに着替える。パジャマには、肉球マークがでんとプリントされていた。奈津はああいうのを持っているわけではないので、犬の好みなのだろうか。

メイク（ちゃんとベースメイクからやっていた）を済ませた犬が、鞄を持って部屋を出て行く。彼役の犬はまだ寝ていて、昼近くになってようやく起きてきた。そして冷蔵庫の中にある作り置きの料理を食べ、それから何をするのかというと、やっぱりパソコンで動画を見て笑っている。夜になって奈津が帰ってくるまで、ずっと動画を見ている。

帰ってきた犬はスーツから部屋着に着替えると洗い物をして、ご飯を炊いて、夕食を用意する。彼は夕食を食べると、再び動画を見始める。そんな、一日らしい。

「働けないってことは、なにかの年金を受け取ってるのかしら」

奈津が呟くと、動画を見ていた犬が振り返る。

「ごめんだね」

声は犬のままのディープな低音だが、話し方や口調は彼そのものだった。

「そういうものを受け取る人間は、老害か社会の寄生虫って決まってるからな」

「では、今のこの暮らしはなんなんでしょう」

奈津役の犬が、そんなことを言った。こういう状況になったとしたら、奈津は彼に向か

ってそういうことを言うだろうか。それは分からない。ただ、シミュレーションとしては
それほど間違ってはいないと思う。なぜなら、奈津自身も――同じことを考えたから。

「亭主のことを馬鹿にするのか！」

彼役の犬が、怒って奈津役の犬に摑みかかる。

「必殺、犬車」

奈津役の犬は自らの体を捌いて迫り来る相手の勢いを受け流し、合気道のように投げ飛ばす。彼役の犬は空中で一回転してからぼいーんと床に激突した。これは、シミュレーションとして大間違いだ。奈津はそんな必殺技を身につけてなどいない。

「もういいです。中断してください」

そう言うと、二匹の姿が元に戻った。

「あまり、楽しい未来とは言えませんでしたね」

奈津役の犬が言った。

「とても痛かったです。さすがわたしの必殺技」

彼役の犬が、顔をしかめながら立ち上がる。

奈津が黙り込んでいると、またフリップとペンを渡された。

「他にシミュレートしたい条件があればどうぞ」

「遠慮は要りませんよ。どんなものでもどうぞ」

犬たちが勧めてくる。

「あ、はい。うーん、どうしよう」

奈津は考え込む。条件が、よくなかったのだ。そもそも考えてみれば、彼をドロップアウトさせるような条件を入力するというのが嫌らしい話である。もっと、他のやり方があるはずだ。

「――そうだ」

はたと奈津は思いついた。先ほどの逆の状況だと、一体どうなるのだろう。働けなくなった彼のために、奈津は頑張っていた。奈津が働けなくなると、彼は――どうするのだろう？

『もし』

奈津は、早速思いついた内容を書き込む。

『わたしが家事をこなすのが難しいほどの病気にかかってしまったら？』

「ぐはっ」

奈津役の犬が血を吐いた。家事をこなすのが難しいほどの病気にかかってしまったらしい。

「きゃーごめんなさい！　今のなし！　なしで！」

奈津は慌てて書き直そうとする。

「いえ、大丈夫です——げふっ！　これはあくまでシミュレート——ゴホォ！」

「吐血を続けながらそんなことを言われても説得力は皆無ですー！」

「一命を賭してシミュレートでの配役に向き合う。これぞ役者魂」

彼役の犬が、うんうんと頷く。

「命がけにならなくていいです！　フィクション作品に出演する動物は、傷つけちゃいけないんですよ！」

ハリウッド映画でも、「いかなる動物虐待も行われていない」とエンドロールで必ず明記されるのだ。たかがシミュレートで犬が生死の境を彷徨うことなど、あってはならない。

「いえ、やらねばなりません。あなたの問いは、とても大事なものです。神父さんは、式の時になんと仰るのですか？」

奈津役の犬が、そう言ってきた。

病めるときも、健やかなるときも。そんな言葉が脳裏をよぎる。そう、夫婦は誓うのだ。

どんな時も、愛し合うと。

「大丈夫。シミュレートが終われば元通りです」

奈津役の犬はごほごほむせながらも、器用に前足の親指を立ててきた。

世界が切り替わる。それは、内装からして豪華な部屋だった。敷地（しきち）面積や立地や間取りのデータが、辺りに表示される。今住んでいるところから引っ越した先の、一軒家ということだ。

奈津役を務める犬は、ベッドで横になっていた。体調が悪いだけに、自室で寝ていることが多いようだ。こほこほと咳（せき）をするが、さすがに血は吐いていない。適切な治療を受け静養しているということらしい。

病気になって家事ができなくなったからといって、離婚されるなんてことはないらしい。彼にはそういう優しいところもあるようだ。奈津はほっとする。よかった。これなら、きっと上手（うま）くやっていけるはず。

家の中も、綺麗（きれい）に掃除されている。彼がやってくれているのだろうか。

「失礼します」

そんなことを考えていると、もう一匹の方の犬が入ってきた。彼役かと思いきや、女性ものの服を着ている。つまり、二匹揃（そろ）って女性役ということらしい。なんともかんともな状況だ。

「いつもありがとうございます、お手伝いさん」

奈津役の犬が、横になったままそう言った。部屋が綺麗な理由が分かった。お手伝いさんに、家事を任せているのだ。

お手伝いさんが来ているのは、クロップド丈のパンツに薄手のニットという動きやすいものだった。一方で、さりげなく装飾品を身につけていた。たとえばネックレス、たとえばピアス。どちらも、見るからに高価そうなものだ。まるで、誰かに贈ってもらったかのような――

「中断、中断してください」

うわずった声で、奈津はそう言う。とても――とても、嫌なことを考えてしまった。

「そうですか。終わりですか」

「まだ始まったばかりですが」

元の格好に戻った犬たちが、きょとんとした様子で聞いてくる。

それを振り払うべく、そもそも、どちらかが病気になるとか働けなくなるとか、そういうネガティブな方向性で考えるのがよくないのだ。もっと、前向きな条件でシミュレートしてみよう。

『趣味で有名になり、お金を彼よりも稼いだとしたら？』

ががっと書き付け、犬たちに見せる。犬たちはそれぞれ忍者ポーズをドロンと決め、また違う格好になる。

「おお、インフルエンサー（ネットの人気者）になりました」

奈津役の犬が、楽しそうな声を出した。

「そう、なんですか?」

見た感じは、いつもの奈津である。大きな変化は感じられない。

「世界中で大人気のハンドメイド作家で、作品のみならずテクニックをまとめた本も大ヒット。シリーズ化され、いずれも五百万部以上売れています。SNSのフォロワーの数はレディー・ガガよりも多いです」

「そうなんですか」

今一ぴんとこない。レディー・ガガ以上と言われても、見た目は奈津お姉さんといった感じだ。

「では、始めましょう」

二匹の犬が声を合わせてそう言うと、周囲の世界が鮮やかに変化した。

彼役の犬と奈津役の犬が、食卓を挟んでいる。内装も家具も真新しい。あの一軒家のダイニングだろう。

「ネットを使ったのもいいよな。作品の質とか分からない素人が箔（はく）付けてくれる訳でしょう？　とっかかりに丁度いいじゃん」

彼役の犬は、奈津の作品を評論しているようだった。

「やっぱりさ、どういう場でデビューするかだよね。戦略的なの、いいと思うよ」

いや、奈津自身を評論していた。——相当に、上からの目線で。

食卓には、夕食らしき料理が並んでいる。明らかに、奈津が一人で作ったものだった。

その辺りは、奈津がどれだけ有名になっても変わらないということのようだ。

「ほら、小説でもそうでしょ。ネットで人気になって、固定客を摑んでからデビューしたら安定するじゃん。数字持ってるから効率いいんだよね」

分かったようなことを言い切っているが、そもそも彼は小説を読まない人間だ。本とはそこに書かれている情報を自分の仕事に役立たせるためのもので、楽しむための読書なんていうのは現実逃避したい負け犬のやることだ——と考えている節がある。学校の国語で文学を教える量が減り続けていることにも、大賛成していた。

「ただ、権威がないのが残念だよね。やっぱり仕事には格ってものがあるから。のし上がって行こうと思うとさ、色々必要になるじゃん。ネット出身じゃあ、限界あるよね」

彼役の犬は、話を続ける。

「奈津は知らないと思うけど、社会でも同じなんだよね。多少優秀でもさ、Fラン卒だとやっぱ上まではいけないんだ。それと同じ。スタートラインが大事なんだよ」

冷たい風のようなものが、奈津の胸を吹き抜けていく。彼は作品の内容について、まったく触れようとしない。権威。格。とっかかり。数字。効率。のし上がる。そんな話ばかりしている。

「実力で評価するのが今の社会とかなんとかいうけどさ、本当に実力がある人間なら、最初からそれなりの舞台に立ってるってこと」

　そもそも、彼にとってハンドメイドで何か作って売るという営みは「それなりの舞台」ではないようだ。奈津が何を成し遂げても、はなから認めるつもりがないのだろう。

　趣味で作ったものを売っている、と話した時の彼の言葉を思い出す。

『いいんじゃない？　承認欲求とかも手軽に満たせそうだし。ちゃんとした仕事でやろうとするとさ、難しいんだよね。結果を出さないといけないから』

　極端に誇張してみて、ようやく分かった。寂しい理由を、掴むことができた。彼が奈津の上に立とうとすることではなく、彼が奈津を自分の物差しでしか測ろうとしないことが寂しいのだ。彼はおそらく、奈津のやりたいことにも、奈津のことにも、深い部分で興味がない。

「まったく、くだらない話ばかりですね。パプリカ喰らえという感じです」

奈津役の犬が、彼役の犬の口に生のパプリカを突っ込み始める。

「パプリカはいいです。中断してください」

犬たちの姿が、元に戻る。

心臓が、嫌な感じに強く脈打っていた。人間は、ひどいショックを受けたときにも動悸(どうき)がするらしい。

シミュレートを通じて、色々と分かってしまったような気がする。しかしそれは、向き合うにはあまりにつらい結論だった。どうにかして、否定したい。

——もしかしたら。ふと、思いついた。もしかしたら、実際に家事をやってみることで彼は変わるのではないか。

家事そのものは、ゲームなどのように分かりやすい楽しさがある作業ではない。こなすことによって、自分や一緒に暮らす誰かが楽しくなったり快適に過ごせるようになったりするから、頑張れるのだ。

「どうぞ」

犬が、新しいフリップを渡してくれた。早速書き始める。

一緒にやってみれば、彼も理解してくれるのではないか。考えを、変えてくれるのではないか。奈津のことも、違った見方をしてくれるようになるのではないか。そんな願いを

込めて、

『もし彼が、一緒に家事をやってくれるようになったら？』

犬たちが忍者ポーズを取る。しかし、ドロンと変身することはなかった。

「むむむ」

「これは」

犬たちが、困った様子を見せる。

「どうしました？」

「まことに申し上げにくいのですが、別のものをお願いします」

「あまりに不可能なものだと、シミュレートができないのです」

「――なるほど」

どうしても無理らしい。まあ、全てをやってほしいとは思わない。分担でもいい。等分でなくてもいい。せめて、尊重してもらえたら。

「もし彼が、時々家事を手伝ってくれるようになったら？」

表現を変えてみる。しかし、結果は同じだった。忍者ポーズのまま、犬たちは哀しそうな顔をする。「もし彼が、たまには家事を手伝ってくれるようになったら？」これもダメだった。「もし彼が、家事の大事さに気づいたら？」やはりダメだった。「もし彼が、ゴミ出しくらいはやってくれるようになったら?」ダメ。「もし彼が、月に一度はゴミ出しをやってくれるようになったら?」ダメ。「なんでもいいから、一度くらいは手伝うかという気になったとしたら?」ダメ。

「そっか」

奈津は、遂(つい)に諦めた。奈津がレディー・ガガ以上に有名になるよりも、彼に家事を手伝ってもらう方が非現実的な挑戦だということらしい。

「そっかあ」

奈津は、遂に諦めた。やっぱり——無理らしい。

はっと気づくと、奈津はダイニングで一人立っていた。彼の姿はない。ダイニングは静かで、食洗機の音だけが響いている。

リビングに目をやると、こたつも犬も姿を消していた。

「——そうか」

何となく、分かった。ありがとう、と小さく呟(つぶや)く。

そして、決意する。ここから先を、代わってもらうわけにはいかない。ここから先を自分でしっかりやらないと、きっとまた似たようなことを繰り返してしまう。

どう話せばいいか。奈津は考える。

彼は常に、色々考慮した上で、お互いの納得いく形を提案する——かの如く振る舞っていた。働かないで家事を全部やってくれ、金は稼いでくるから。家事は自分では一切やらないけれど、必要な道具は揃えてあげよう。こっちの見たいものが見たくないならいいよ、そっちと一緒に過ごさないだけだから。

では納得できるかと言うと、無理だった。なぜなら、その「色々」の中に奈津の気持ちはないからだ。奈津がどう思うか、奈津がどう感じるか、奈津の心をどう押しつぶしていくのか、彼は考えていない。考えるつもりも、ない。

たまには少しばかり譲歩することもある。譲歩したという事実を作るためだ。そしてその事実を盾にして、更なる譲歩をこちらに迫る。たとえば、「おかえりただいまは言ってあげよう。おかえりただいまは言ってあげるから、あとは察してそれ以上の不満を言うな」といった感じだ。

つまるところ、彼のやり取りはいつも交渉だった。ともに進むのではなく、向き合うのでもなく、先回りして提示する。それが、奈津に対する彼の姿勢だった。

彼がその交渉に対して誠実なら、まだ救いはある。しかし違う。彼はいつも自分に都合良く理屈を組み替える。自分だけはイヤな思いをしないように、やなことは全部奈津に押しつけるようにする。楽しいのはいつも彼で、我慢するのはいつでも奈津なのだ。シミュレートが、そう教えてくれた。

ずっと不思議だったことの答えも、見えたような気がする。彼にとっての妻は、面倒なことを押しつけるための道具なのだ。食事を用意したり栄養を考えたりするのは必要だと理解しているけれど、面倒だからやらせる。子供がいれば「立派な家庭を築いている」と胸を張れるから作りたいけれど、育てるのは面倒だからやらせる。

愛人を作っても、文句も言わない。自分に万一のことがあれば、働かせ世話をさせる。黙って、三歩下がってついてくる都合のいい存在。それが彼の求める「妻」だったのだ。

初めて会った時、彼は「一目見て気に入った」と言っていた。この言葉の意味も、また分かった。右の条件を満たした上で、最低限大卒で、見た目も（彼的には）最低限「アリ」で、社会性も最低限まとも。彼の住む世界でバカにされない、最低限の水準を満たしていることが確認できた。なので、「気に入った」のだろう。

食洗機を見ながら、なおも奈津は考える。——多分だけれど、「奈津を気に入ること」と「奈津に興味がないこと」は、両立する。

人間は、食洗機の機能には興味がある。油汚れもしっかり落とせるとか、お手入れがとても簡単だとかいう売り文句を見て、この食洗機いいなと「気に入る」。しかし、どんな仕組みでその機能を実現しているのか、その仕組みをどうやって開発したのか、というところまではあまり「興味がない」。それと同じだ。同じ、なのだ。

ではどうすべきか。奈津は食洗機ではない。スタートボタンを押されたら、文句も言わずスタートしてやる道理などない。置き場所を決められて、そこでずっと役目を果たし続ける義務などない。奈津は、奈津自身の気持ちに従って行動していい。——いや、行動しなければならない。さもなければ、待っているのはシミュレートの画面で見たのと根本的な部分で同じ未来だ。妻という名の召使いとして、彼に仕え続ける人生だ。やるなら、今しかない。

「頑張ってくださいね」

そんな声が、聞こえたような気がした。空耳かもしれない。しかし、この上なく勇気づけられた。

奈津はずかずか歩く。いや、どこまで実際にずかずかできているかというと何とも言えないが、気持ちだけはずかずかで行く。

彼の部屋のドアノブに手をかけ、いつものようにそっと開けかけてから、思い直して勢いよく開けてやる。

彼はというと、反応もしなかった。ノイズキャンセリングヘッドホンは、今回も奈津の存在をしっかりかき消しているらしい。

怯(ひる)みそうになる自分を励ます。なかったことにして、しばらく様子を見ようという考えをねじ伏せる。今だ。今、やるしかない。

「あの」

声をかけた。しかし、彼には聞こえなかったようだ。動画を見たまま、動こうともしない。

彼がひ、ひと笑った。あの、人を見下す笑い方だ。——それが、奈津に火を付けた。最後の一押しとなって、奈津に決断させた。こんな笑い方をする人と、一緒になんていたくない！

「あのっ」

自分でも驚くくらい、大きな声が出た。彼もびっくりした顔で振り向いてくる。

「なに、なんの用」

そして、少し不機嫌になる。「動画鑑賞」の邪魔をさせられたせいか。あるいは単に、自分が奈津にびっくりさせられたということにプライドでも傷つけられたのか。

「別れてください」

その顔面に、奈津は直球を叩きつけた。

――言葉にした瞬間、何かがすとんと落ちた。ずっと奈津の心に貼り付いていたもの。奈津の気持ちにまとわりついていたもの。あの日、行きたくもない喫茶店に行ってから、ずっと奈津の人生に絡まりついていたもの。そういうものが、綺麗さっぱり消え去ったのだ。

彼は、考える素振りを見せた。驚いたり、困惑したりすることはなかった。きっと、男性が女性にそういう姿を見せるのは、みっともないことだと考えているのだろう。

奈津は、そう思ってはいなかった。たとえばもし仕事でつらいことがあったなら、遠慮なく愚痴を言ったり相談したりしてほしかった。一緒に悩んだり、あるいは励ましたりできる。そんな夫婦で、ありたかった。

しかし、彼が奈津に相談することはないとも思う。奈津なんかに自分の仕事のことを話しても、分からないと考えているだろうから。

「そうか。よく分かった。そんな風に思い詰めさせていたんだな、俺」

やがて、彼が口を開いた。

「教えてよ。なにが奈津を怒らせちゃったの？　俺、直すから。奈津の言う通りに」

予想通りだった。どこまでいっても、彼は彼だった。

——ここで具体的に条件を言えば、彼は聞くふりをしてから妥協案を提示してくるだろう。その妥協案にはこっそり彼にとって都合のいい抜け道が仕込まれていて、気づいた奈津が抗議すれば「言う通りに直したじゃないか。自分に都合良く結論を変えないでくれよ」と返してくるだろう。

「はあ、そうですね」

返事をしながら、奈津は考える。とにかく嫌だ、で押し切るのもありだが、そうしたら彼は「我が儘な女に振り回された」と悲劇の主人公を気取り、奈津を悪者にするに違いない。別にそれでもいい。だが、どうせ別れるなら、最後に一撃くらい入れさせてもらおうと奈津は思った。

「お皿を食洗機に入れてボタンを押すくらいのこともできない人に、なにから教えていいか分からないです。それ、人生の時間の浪費ですよね。合理的じゃないじゃん？」

多分奈津にとって、生まれて初めて言ったかもしれないレベルの皮肉だった。そして、多分彼にとっても、生まれて初めて言われたかもしれないレベルの皮肉だった。

「出て行け！」と怒鳴りつけておきながら、数日後本当に奈津が婚約指輪だけ置いて出て行ったところ、彼は動揺した。「捨てられるのは自分の方」という可能性を、彼の合理的な頭脳は考慮していなかったようだった。

自分の仕事がいかに社会的に評価されているものか、生涯年収がいくらになるかという話を長文で送りつけてきたり、綺麗な女性と高そうなお店で飲んでいる写真を送りつけてきたり。逆に一人で部屋にいる様子を撮影してきて「寂しい」とアピールしてきたり。

しかし、奈津は一度も返信しなかった。彼は様々な駆け引きを試みるけれども、自分の非を認めることだけは決してしなかった。言葉を尽くして奈津を言いくるめようとするけれども、「ごめん」だけは絶対に言おうとしなかった。一番大切な部分が、抜け落ちていた。最終的に、奈津は彼をブロックした。これ以上は「人生の時間の浪費」だった。

彼は、これから幸せになれるだろうか。そんなことを、一度だけ考えもした。

彼の「賢さ」には穴がある。理屈で人と向き合うばかりだから、その理屈に相手が上辺だけ合わせてきた場合、裏側が見えなくなるのだ。はいはいと言うことを聞く振りをしながら、陰で好き勝手する腹黒い人間に対して、彼はひどく無力なのである。

もし騙されていたと気づいても、目を背けてなかったことにするという可能性さえある。「賢い自分」がまんまと利用されていたという事実を認めるのは、彼のプライドが許さないからだ。

　奈津は一度も「そんなこと」をしなかった。しかし、彼が次も「そんなこと」をしない相手と巡り会えるかどうかは分からない。一言助言でもすべきだろうか——そんなことを思い、奈津は香苗に聞いてみることにした。奈津の決断を真っ直ぐ受け止めてくれた、数少ない友人の一人が彼女だった。

「意外とああいう男ってチョロいんですね。まあ、付き合うとかはお願いされてもごめんですけど。まだ意地悪な先輩社員とかの方がマシです」

　ＬＩＮＥ通話の向こう側で、香苗はえらく呆れた様子を見せた。

「教えてやる義理はないんですよ。心配してやる筋合いもなければ、健闘を祈る必要さえありません。保証します」

　そして、力強く断言してくれた。

「むっこ先輩は、むっこ先輩の人生を生きてください」

　とても、胸に染みる言葉だった。

　奈津は、以前の職場で再び働き始めた。ダメで元々と連絡してみたところ、温かく受け入れてくれたのだ。

今は契約社員という肩書きだ。すぐに正規雇用、という風にも言ってもらえたが、奈津はいちからやり直すことを選んだ。ブランクも短くないし、ちゃんと仕事がこなせるようになってから改めて検討してくださいと答えた。

頑固だね、と昔なじみの社員さんに笑われ、奈津は何だか腑に落ちた。そう、自分は頑固なのだ。どんな「条件」を提示されても、納得いかなければ首は縦に振らない。そんな人生を生きる、人間なのだ。

「さて」

出勤の準備をして、奈津は部屋を見回す。何ということもないワンルーム。彼と住んでいた時とは、「グレード」では天と地ほどの差がある。

だが、まったく奈津は気にしていない。だから何だという感じだ。そんなものよりも、人生にはもっと大事なことがある。

そして部屋の真ん中には、こたつがある。引っ越してきて、真っ先に買ったものだ。今後悩むことがあったら、ここに潜り込んで色々とシミュレートするつもりだ。今度は、自分自身の頭を使って。

第四話　子育てとこたつ

　そっと、そっと。上村美栄(うえむらみえ)は、慎重にも慎重を期す。元より赤ん坊というのは大事に扱うものだが、今のこの場面では更なる上積みが必要なのだ。

　抱きかかえた赤ん坊――祐士(ゆうし)は、すやすやと寝ている。彼をベビーベッドに横たえるというミッションを果たすべく、美栄は極限までの繊細さを己に強いているのだ。

　ゆっくり、ゆっくり下げていく。祐士の体が、ベビーベッドに触れる。穏やかだった顔がみるみるうちに歪(ゆが)み、口が開き、泣き声を迸らせる。

「あー、あーあー起きちゃったかあ」

　すかさず抱き上げ、よしよしとあやす。あれだけゆっくりゆっくりと心がけたのに、瞬時に気づかれてしまった。赤ん坊には、スマホのように傾きを検知するジャイロセンサーでも搭載されているというのだろうか。

　祐士は泣き止(や)まない。うっかり寝たせいでベビーベッド送りにされるところだった、ちくしょうと憤慨しているかのようだ。いやまあ実際のところはそうでもないのだろうが、やや強めの泣き声には、やはり怒りに似た感情の存在を見て取ってしまう。

「かくなる上は――」

抱っこしたまま、テレビを付けスマホを操作する。スマホで動画を再生し、テレビにキャスト（映す）するのだ。

再生する動画は決まっている。ポケットモンスターの公式童謡動画である。現代的なアレンジの童謡をバックに、クオリティの高いCGのポケモンたちが登場し、ロンドン橋を再建したり屋根より高く面白そうにおよいだり水が清いふるさとに帰ったりと、歌の世界を表現するというものだ。長さは二十分ほどで、色々な曲が入っている。

動画が始まるなり、祐士はぴたりと泣き止んだ。これは信頼と実績の童謡が赤ちゃんをなだめた――というよりは、おそらくポケモンが理由である。実際、祐士の視線は画面に釘付（くぎづ）けだ。

『なのはにあいたら、さくらにとまれ』

ちょうちょうの歌を、美栄は無心で聞き流す。

二十分単位で童謡を無限ループしていると、物事を考えなくなっていく。まるで洗脳されてしまったかのようだ。家電量販店で働く人間は、業務時間中流れ続けている「店名を連呼するテーマソング」に殺意をおぼえ、やがて何も感じなくなると言うが、それに似た感じかもしれない。

ちなみに、童謡というものはただ慣れて終わりではない。再生を止めてからも、キメのフレーズが頭の中で入り乱れながら延々鳴り響く。何でもいいから、馴染みのある童謡を繰り返し再生して聴いてみるといい。停止してからも、そのメインのメロディと歌詞は勝手に生活のBGMになってくるはずだ。

ならば、他の動画を流すべきだ。そういう考え方もあるだろう。事実、ポケモン公式の赤ちゃん向け動画は、二十分の詰め合わせだけではない。最近作られた「こどものうた」、要するにおどるポンポコリンやらだんご3兄弟やらの現代版に合わせて、着ぐるみのピカチュウが踊る動画など、様々なバリエーションのものが作られている。

だが、それらを見せるとなぜか祐士は爆発的に泣いてしまう。この二十分詰め合わせ動画しか受け付けないのだ。どっちもピカチュウだろう、何が違うのだなどと美栄は思うのだが、純粋な心をなくした大人には分からない領域のことなのかもしれない。

ちょうちょうが終わり、やまのおんがくかが流れる。ちらりと見ると、祐士の目は塞がりかけていた。よし、今度こそ、今度こそ。

と思ったところで、美栄の鼻をある種の匂いがくすぐった。

「む」

これは――大きい方だ。美栄は一気に頭の中身を切り替え、おむつ交換モードへと移行する。ワンオペ育児に休みはない。油断も隙も勿論ない。ひたすら、最前線での死闘があるのみだ。再び始まった祐士の泣き声を聞きながら、美栄は悲壮な決意を固める。

一日我が子の面倒を見る暮らしに、決して不満があるわけではない。夫は子育てに非協力的ではなく、むしろ協力ではなく協同すべき作業だというスタンスで臨んでいる。正直やり過ぎなほどで、平日残業で疲れ果てていようが帰ってくるなりすべての作業を交代しようとするし、休日は休日で消防団の集まりやら訓練やらがあったりするのに、朝食や夕食を作ってくれたりする。育休も、男性が取る仕組みさえあれば彼は取っていただろう。

ポケモン動画を見つけてきたのも、夫だった。繰り返し繰り返し流しても嫌な顔一つせず、「マニアックなポケモンが出てるなあ」と感心したり、「散歩できるようになったら一緒にポケモンGOしような」と祐士に話しかけたりする。単にポケモンが好きなだけかもしれないが、とにかく本当にありがたい。

「はーい、すぐ終わるからね～」

わあわあと泣く祐士を横にし、ズボンを脱がせて手早く紙おむつを外す。使い終わったものは、自治体のルールをきっちり守って捨てるためにしっかり袋に入れる。そのためのルーティンも、夫婦で相談して最も効率よいものを確立してある。

祐士のお尻をお尻拭きで綺麗(きれい)にし、新しいおむつをはかせる。その上から再びズボンをはかせて、抱き上げる。

「よっ、と、と」

おむつを替える前よりも、重く感じられた。さっきの今で祐士の体重が増えるはずはないし、むしろ出すものを出したのだから理論的にはさっきよりも僅かに軽いはずだ。導き出される答えは、一つ。美栄は、相当消耗しているのである。

なぜ、そんなに疲れてしまうのか。世のお母さんにはもっと大変な作業をこなしている人も沢山いるのに、美栄が世のお母さんよりへばってしまっているのは、どういうわけか。

理由の一つには、見当がついている。世のお母さんよりも美栄が年上――いや、相当に年上だからだ。

七つも下の夫と結婚。四十二歳での初産。自分の人生に、そんな転機が訪れるなんてことを美栄は考えてもいなかった。考えてもいなかったからあらゆる場面がぶっつけ本番だったし、ド派手にぶつかっては大事故を起こした。

未(いま)だに忘れられない出来事が、沢山ある。一つピックアップするなら、「三ヶ月健診の待合室事件」だろうか。

三ヶ月健診を受けさせるため、美栄は祐士を連れて市の保健センターを訪れた。

順番を待つのは保健センターの多目的室だった。多目的室の入り口で受付を済ませてその中に入り、名前を呼ばれるのを待つという流れである。

多目的室には、カーペット風のマットが敷かれていた。椅子などはなく、お母さんたちは床に座って子供を抱いたり、タオルを敷いて子供を横にさせたりしていた。

多目的室は中々に混んでいた。これはつまり、同い年くらいの子供が近辺には多いということだ。少子高齢化が進む現代社会においては、同世代の友達作りも昔のようにはいかないというから、大変嬉しいことである。

一方で、ちょっと気まずい点もあった。子供は同世代なのに、部屋にいる親には世代のギャップが存在していた。たまたまなのかなんなのか、二十代前半かという雰囲気のお母さんが集まっていたのだ。干支に一・五回り以上の距離感があり、美栄は圧倒的に浮いてしまっていた。

「こんにちは」

ひとり高齢化社会といった感じの美栄を気遣ってか、近くにいたお母さんが話しかけてくれた。髪の毛は相当明るい茶髪な一方、ちょっと舌っ足らずな話し方が可愛らしい。小柄な一方で目はぱっちり大きく、その大きさを赤ちゃんも受け継いでいた。男の子でも女の子でも、きっとモテモテに育つことだろう。

「可愛い子ですね。男の子ですか？」

お母さんが、訊ねてくる。若干近畿地方のイントネーション。何だか親しみを持ってしまう。

「そうなんです。祐士です。示すへんの祐に、紳士の士です」

「祐士くんかー。可愛いねーよろしくねー」

お母さんは、祐士の顔を覗き込みながら話しかけてくれた。祐士は三ヶ月の時点で既に人見知り気味で、泣き出さないかと美栄は心配したのだが、むしろじっと見返した。面食いなんだろうかこいつ。

「そちらのお子さん、お名前は？」

それはさておくとして、こちらの相手ばかりしてもらうわけにはいかない。

「大智っていいます。大きいに、下に日がある方の智恵の智です」

「大智くん！　いい名前ですね！　こんにちは～」

美栄は、大智くんに挨拶する。ただ目が大きいだけではなく、三ヶ月にしてしっかりしたまつげも揃っている。人間を始めて五百ヶ月以上経つ美栄のまつげを既に上回る立派さだ。羨ましいものである。

「お母さんに似て、おめめぱっちりだし、きっとイケメンに育つわね～」

「いえいえ、そんな」

大智くんママが、照れ笑いした。美栄も釣られて笑顔になってしまう。

気持ちがほぐれていく。ありがたいことだ。こちらも、楽しい話をして場を盛り上げよう。

「お母さんも若くて綺麗で、羨ましいわ。もうわたしなんて四十二だから。ママ友っていうより子供と孫を見てるみたい」

大智くんママをはじめ、そこにいたお母さんたちはみんな気まずそうに目を逸らした。中をニコニコしながら覗き込んでいた市役所の人は、さっと目を逸らして受付に戻っていった。言葉の意味も分からないはずの乳児たちまで、目を見開き口をつぐんだ。場を盛り上げるどころか、瞬時に凍りつかせてしまった。

美栄は速やかに姿を消したくなった。しかし本当に行方をくらますと三ヶ月健診を受けさせることができなくなるので、美栄は「あはは、ごめんなさい」などとへらへらしながら、凍てつく待合室を耐え忍んだのだった。

大智くんママは、LINEを交換してくれた。年は二十一歳と、美栄とは本当に親子ほど離れているが、大智くんがもう二人目なのだという。子育てのあれこれから受けられる行政の支援までとても詳しく、美栄にとって子供どころか師匠のような存在である。なおのこと、自分の失敗が恥ずかしかった。いい年をして、自分の年を自虐ネタに使ってだだ滑りするとは。

動画がループして、最初に戻った。ポケモンたちがロンドン橋の再建に挑むのを見るのは、もう何度目になるだろうか。

美栄は、ポケモンから腕の中の祐士に目を戻した。祐士の視線は、テレビをじっと見ている。時々手足を動かしたりもする。

腕の中の祐士、その向こう側に、自分の足が見える。といっても裸足（はだし）ではなく、スリッパを履いている。ハンドメイドの、可愛らしくかつお洒落（しゃれ）なデザインのものだ。甲の部分には、小さくMukkoと刺繍（ししゅう）されている。とあるハンドメイド作家さんの作品だ。プロフィールを明らかにしていないのでどういう人なのかは知らないが、細部までこだわり抜かれたものを作ることで人気の作家さんである。納得いく仕上がりのものができるまで発表しないので作品は少ないが、それだけにクオリティはとても高い。

これも、大智くんママに教えてもらったのである。生活用品というとホームセンターに行って買うかネットで検索するかくらいの発想しかなかった美栄にとって、まさに新たな世界だった。

新たな世界。まさにそうだ。結婚も、出産も、ママ友も。すべてが新しい。育休を取る前、仕事に追われるどころか自分から追いかける勢いで働いていた頃のことが、遠い過去のような気がしてくる。

自分で言うのもなんだが、それなり以上に活躍していたと思う。リーダーとしていくつも大きなプロジェクトに携わり、会社の看板を背負って競合他社と渡り合ってきた。ゆくゆくは重役という話もあったし、自分でもそう志していた。

勿論その時も疲れはした。しかし、いつも元気だった。今は違う。さっき考えたことが蘇る——消耗しているのだ。

疲れは回復するが、消耗したものは戻らない。消耗品を見れば分かる。使い終わったトイレットペーパーの芯を置いておくと、また元に戻るなんてことはない。空になった洗剤容器を寝かしておくと、また満タンになるなんてことはない。そういうことだ。

周囲を見回す。ここは新居——結婚を期に購入した新築の注文住宅だ。トイレの壁紙を美栄が好きなスヌーピーのものにしたり、映画が好きな夫のために防音のシアタールームを用意したり。夫と話し合いながら決めた、この世に一つだけの素敵な住まいだ。住み始めた頃は、本当に楽しかった。

今美栄がいるのは、リビングである。大画面のテレビにふかふかのソファ。外は寒いが、高い断熱性を持つ壁と床暖房が快適な室温を保っている。これだけの環境にありながら、自分は今も少しずつ消耗している。

――もう一つの理由についても、実のところもしかしたらと思い当たる節はある。もしかしたら――自分は、子育てに向いていないのではないだろうか？

大智くんママは若い頃から二人も育てているというのに（三人目も考えているそうだ）、彼女より二十年は多く人生経験を積んできた自分は、一人目でこの有様である。根本的に、母親の仕事に不適格なのではないか？

思考が、下へ下へと落ち込んでいく。育休が終わった時、果たして復帰できるのだろうか。消耗しきった自分が会社に戻ったとて、何一つまともにこなせないのではないか。色々望んで、結果としてすべてが中途半端で、何も残らないのではないか――

「あ、うんうんごめんね」

突然、美栄は下向き螺旋の思考から引き戻された。祐士が、激しく泣き出したのだ。美栄の内心が、伝わってしまったのだろうか。

流れている童謡を口ずさみながら、自分の体を少しだけ揺らすようにしてあやす。普段はこれで落ち着いてくれる。しかし、今回はそうもいかないようだ。

火がついたような、という表現がふさわしい、猛烈な泣き方である。あやそうと何か言葉を口にしても、簡単に飲み込まれてしまうほどの声量。あっという間に、美栄の頭の中を泣き声が埋め尽くしていく。下向き螺旋の思考には、少なくとも方向性があった。たとえ落ちていく一方であっても、とにかく移動していた。しかし今の状況は違う。泣き声に取り囲まれて、一歩も動けない――

「ゆーきやこんこ、あられやこんこ」

泣き声に、いきなりそんな歌声が被（かぶ）った。低く渋くダンディな、カラオケスナックの店内から聞こえてくるような歌声だ。

ポケモン童謡詰め合わせ動画に、雪やこんこの歌は入っていない。そもそも、ダンディな歌声自体が入らない。これは一体何事か。

「ふってはふっては、ずんずん積もる」

歌の主は、一匹の柴犬（しばいぬ）だった。ふわふわとした、とても柔らかそうな毛並みをしている。

「えっ、なんで犬が」

美栄は戸惑う。美栄たちは犬を飼っていない。どこから入ってきたというのか。

「いーぬはよろこび、にーわかけまわり」

柴犬は後ろ足二本で立ち、前足の肉球をぽんぽんと合わせ拍子を取りながら歌っていた。

「ええぇ！　なんで犬が！」

美栄は仰天する。そもそも論として、犬は人間の言葉で歌を歌ったりはしない。

「しーっ。お静かに。子供がびっくりしますよ」

犬は歌を中断し、そう注意してきた。祐士はというと、うーうー言いながら手足をじたばたさせる。顔には笑みが浮かんでいた。さっきまでの爆泣きが嘘のように、泣き止んでいる。

「しかし可愛らしいですね。舐めてもいいですか？」

犬が、そう訊ねてきた。舐める前にお伺いを立ててくるとは、気遣いに溢れた犬である。

──いや、いや。そうではなく。

「あなた、何者？」

さっと距離を取り、祐士をかばうようにして立つ。こんな得体の知れない生き物に、可愛い我が子を近づけるわけにはいかない。

「犬です」

犬はしれっと答えてきた。

「それは見れば分かるから！　何者なのか聞かれた不審者が『人間です』って答えるようなものじゃない！」

「なるほど、それは確かに。いやあ、実は少しばかり旅をしているのですが、ちょっとここに立ち寄らせて頂こうかと思いまして」

ようやく、犬は自分の素性についてある程度の説明を行った。しかし、到底納得できる水準のものではない。

「お断りよ。出てって。自分で歌ってた通り庭で走り回りでも――」

みなまで言う前に、祐士が泣き出した。

「ほら、お子さんも犬と触れ合いたいと言ってますよ」

犬が、そんなことを言ってくる。

「泣いてるだけよ！」

否定するが、祐士の泣き声はますます大きくなる。

「大丈夫です。犬からヒトに感染する細菌等があるのは事実ですが、私に限って言えば問題ありません」

犬がとことこ歩み寄ってきた。

「根拠もなく保証されても一切安心できないから！　ほら、しっしっ」

「野良犬扱いですね。傷つきます。まあ、事実上野良犬のようなものですが」

犬がしゅんとし、祐士は更に泣く。

「失礼」

犬がとことこ回り込んでくる。犬が視界に入った途端、祐士はぴたりと泣き止んだ。

「む、むむ」

呻く美栄の腕の中で、祐士は手足を動かす。機嫌がいい時の仕草だ。

「べろべろばあ」

犬が口を開けて舌を出す。祐士は、あ、ああと声を出した。顔を見ると笑っている。言うまでもなく、めっちゃご機嫌だ。

「――分かったわよ。一回だけね」

仕方なしに許可を出す。本当に大丈夫なのかという心配もないではないのだが、何やら流されてしまった。この犬は、大丈夫な気がするのだ。根拠はないのだが。

「ありがとうございます」

犬はとことこと近づくと、祐士の頬に鼻を近づけ、すんすんと匂いを嗅いでからべろりと舐めた。

きゃああ、と祐士が声を出す。とんでもなく大喜びだ。思わず、美栄も笑顔になってしまう。

「いやはや、可愛らしい子供ですね。こちらが元気をもらってしまいます」

嬉しそうに言うと、犬はこたつに入った。

「――ん？」

こたつとはどういうことだろう。この家は床暖房と空調がメインとなる形で設計された、こたつの存在を前提としない住居である。なので勿論買っていない。なぜ突然出現しているのか。

「どうです、入られますか？」

犬が勧めてくる。こたつは、リビングのど真ん中に鎮座していた。結構な年代物のこたつで、リビングの真新しいフローリングとはいまいち噛み合っていない。コントラストというよりはミスマッチな味わいを醸し出してしまっている。

「暖かいですよ」

そんなことを言う犬は、人間のように座り込む形でこたつに入っていた。

「そもそも、犬がどうしてこたつで丸くなってるのよ。庭を駆け回りなさい」

さっき歌っていた歌の内容を、完全に無視した行動だ。

「こたつは猫めらだけのものではありません。犬だって寒いものは寒いのです」

犬は飄々と答えてくる。

「また分かったようなことを——ん??」

犬に呆れたところで、美栄は気づいた。祐士が寝ている。まるでさっきまでの大騒ぎが嘘だったかのように、すやすやだ。

「今がチャンスですよ」

囁き声になって、犬が言う。その視線の先にあるのは、ダイニングにあるベビーベッドだ。

ベビーベッドは、ダイニングにキャスターのついたものが一つ（先ほど寝かしつけようとして失敗したものだ）。寝室にも、一つある。泣き出したり、様子が変だったりしたらいつでも対応するためだ。

そろりそろりと移動する。頼みもしないのに犬もついてくる。そっと、そっとベビーベッドに横たえる——起きない。成功だ。

感激のあまり、美栄は両手を天に向かって掲げた。続いて、一緒になって万歳をしていた犬と両手ハイタッチをする。ぎゅむっとぶつかってくる肉球の感触が柔らかい。

「——む」

美栄は我に返った。何が悲しくて謎の喋(しゃべ)る犬と一体感を得ないといけないのか。

「さあさあ、こたつに入りましょう。暖かいですよ」

犬が、とことこリビングに戻っていく。

「みかんを食べてゆっくりしませんか」

こたつに入ると、犬はそんなことを提案してきた。

「――むむ」

こたつの上にはいつの間にやらざるが置かれ、みかんが盛られている。

「美味(おい)しいですよ」

そう言うと、犬はみかんの皮をむいて食べ始めた。

「やあ、素晴らしい味です」

美栄は、ついみかんを食べるイメージをしてしまう。噛んだ時のぷりりとした食感。中から染み出してくる果汁の刺激。甘味と酸味とビタミンC感の入り交じった味わい。

「むむ、むぅ」

その誘惑に、美栄は屈してしまった。テレビ台の上に置いてあったリモコンを手に、こたつに入る。

「おお」

思わず声が漏れた。暖かい。体を包み、心を包むような、そんなぬくもりがある。

「ふふ」

犬が、美栄の様子を見て笑ってくる。どうだ、そら見たことかと言わんばかりの表情だ。

「ふん」

美栄はふてくされた態度を取ると、リモコンでエンドレス童謡から地上波にチャンネルを変える。放送されているのはワイドショーだ。別に見たいというわけではないが、こたつに入っている時には、こういうなんてことのない番組を流しておく習慣を持つ世代なのである。

「さて。じゃあもらうわよ」

美栄は、みかんに手を伸ばした。

「どうぞどうぞ」

犬がニコニコ笑顔で言ってくる。さっきから、表情による感情表現が豊かである。

ばきっと半分に割り、それから片方の皮をむく。むき終わったところで更に四分の一に割り、ひょいっと頬張る。

「ああ、美味しい」

イメージした通り、いやそれ以上である。食感はより鮮やかに、果汁はより刺激的で、甘味と酸味とビタミンC感はより芳醇だ。

「どうです、乙なものでしょう」

犬の言葉は、確かにその通りだ。こたつにみかん。冬の日をのんびり過ごすためのお約束のような組み合わせだが、それだけに確かなのんびりさがある。約束とは守るためにある。こたつとみかんは、穏やかな時間をしっかりと守っている。

「しかし、つっけんどんな態度を取られるのでもしや犬嫌いの方かと思ったのですが、そういうことでもないのでしょうか」

「まあね。不審だったからそれ相応の対応をしただけよ」

四分の一ずつみかんを口に放り込みつつ、美栄は言う。実際、美栄は別に犬が嫌いではない。小さい頃には、飼い主と散歩していた犬とよく遊んだものだ。ある時を境に来なくなり、それきりになってしまったが、とても楽しかった記憶がある。

「美味しいですか、みかん」

どんな犬だったか——と思い出そうとしたところで、目の前の犬が話しかけてきた。

「うん、美味しい」

美栄は素直に答える。

「そうでしょう、そうでしょう」

嬉しそうに頷くと、犬は皮をむき始めた。千切ることなく、花が開くような形で剝いていく。みかんの皮むきには様々な流派が存在するが、この犬は特に器用さを必要とする流派を修めているらしい。

「みかんに含まれているビタミンＣは疲労回復を促す。などと言いますが——」

そこまで言って、犬は丸ごとみかんを口に放り込んだ。幸せそうな顔でもぐもぐと咀嚼し、嚥下する。

「——そういう科学的な側面はさておくとして、この味わいは疲れている時にこそ染みるものがあると思います。酸いも甘いもかみ分ける、という表現がありますが、酸味と甘味が交錯するみかんは、その言葉を見事に表現していると言えるのではないでしょうか」

「なるほど。みかんは人生の味がするのね」

美栄は、ふふと笑う。気の利いたことを言う犬である。

「つまり、随分とお疲れなのですね」

そんな指摘に、美栄はつい目線を下げてしまった。すぐにその仕草が肯定を意味することに気づき、慌てて犬の方を見る。

「子育ては、大変ですからね」

犬の瞳は、優しい。その優しさが、美栄の内から本音を引き出す。

「大変——いや、うん、大変っていうか」

そんな言葉を口にすることに、罪悪感がある。今の状況をそう表現することに、後ろめたさがある。

「——きっと、大変なんだと思う」

ふらふらとした発言だ。実に美栄らしい、と自嘲的に考える。

「少し、腑に落ちません」

犬が、不思議そうに首を傾げた。

「子育てとは、元来大変なものです。どうして貴方はそのように恥じ入っていらっしゃるのでしょうか」

心の奥底を、突き刺されたような感じだった。

「わたしが、欲しいって言ったから」

突き刺された部分から、自分でもよく分かっていなかった気持ちが滲み出てくる。

「自分で望んでおいて、大変だと思うなんて」

言葉になって、口から零れ落ちる。

——子を作りたいと願ったのは、美栄だった。夫は、すぐに同意はしなかった。普段美栄のことを尊重してくれる夫だったが、美栄が負うことになるリスクや負担を心配して反対の側に回ったのだ。夫以外からも、「難しいよね」「高齢出産になっちゃうしね」と言われたりもした。

それでも美栄は押し切った。その時は、ただただ自分が望んでいるからと思っていた。

だが、今となっては自信がない。

本当に、自分は子をなすことを心から望んでいたのだろうか。リスクがあるから諦める、というのが嫌だっただけではないのか。夫や周囲から「難しい」と言われ、ムキになっただけではないのか。

「見栄(みえ)っ張(ぱ)りだからミエ」。小学生時代に男子からかけられた言葉が、唐突に蘇(よみがえ)る。何十年も忘れていたような、今となっては腹も立たないような、子供じみたからかい文句だ。当時の美栄は猛然と言い募り完膚なきまでに言い負かしてみせたものだが、今になって思うと五分五分以上くらいの割合で真実を言い当てられていたのかも知れない。

「そもそも、欲しいっていう表現もどうかなって感じよね。子供は、ものじゃないのに」

次から次へと、自分の駄目な部分が見えてくる。

「いえいえ。子供が欲しい、という言い回しは昔からあるものです。それをご自身の責任のように感じる必要はありませんよ」

犬は首を横に振った。

「大変な子育てを、貴方はしっかりこなしておいでです。子供を揺すりすぎないように気をつけたり、すぐにおむつを交換したり、十分過ぎるほど頑張っているように思えますが」

「──ありがとう」

美栄は微笑もうとした。しかし、内心の葛藤がその笑みをかき消してしまう。

「でも、頑張っているだけじゃ駄目」

仕事をしている時、いつも自分にかけてきた言葉だ。いや、自分だけではない。周囲にもしばしば向けてきた。結果の伴わない努力は無意味だ。成果を生まない頑張りは無価値だ。仕事をするとはそういうことだと、叱咤し激励してきた。

「頑張ったことだけで評価されようなんて、甘えだから」

今となっては、お笑いぐさだ。できることをやっているから、言えただけだった。いざうまくいかなくなったら、この有様だ。

犬は、黙って美栄を見つめる。正面からそれを見返すことができず、美栄は顔を背ける。視線の先には、ベビーベッドがあった。我が子が眠っている、ベビーベッド。胸に湧き起こってくる感情は、どういうものなのか。決して嫌ではない。嫌ではない、のだけれど。

「どうです。代わって差し上げましょうか」

耳を疑い、犬の方に目を戻す。

「気分転換ですよ。『やなこと』になってしまう前に、リフレッシュするのです」

「そんな、できないって」

子供をあやすのがポケモン頼りになりがちなところでさえ、気が引けていたのだ。犬に全部任せてしまうなど、ありえない――

「なあに、これでも子供の相手には自信があります」

そう言うと、犬はこたつから出て立ち上がる。前足に何か握っていると思ったら、ガラガラである。

「いや、そんなの平成どころか昭和の子供でも喜ぶかどうか微妙でしょ」

「そうですか」

むんと犬がガラガラを振る。するとガラガラはでんでん太鼓に変わった。

「最早『おしん』の世界じゃない。観たことないけど明治とかの話でしょあれ。どんだけ遡るのよ」

「まあまあ、ガラガラもでんでん太鼓も意外と喜ぶものですよ」

犬がでんでん太鼓を振る。

「赤ん坊にとってはすべてが新鮮なのです。ポケモンもでんでん太鼓も、同じなのですよ。

大事なのは、安心して赤ん坊が喜べるものであるかどうかです」

その時、祐士が目を覚ました。あ、あ、と声を出し、続いて泣き出す。

「はいはい、今行きますよ」

美栄の姿をした犬は、後ろ足で立つと祐士にとてとて駆け寄った。そして、でんでん太鼓をくるくる回転させてぽこぽこ鳴らす。ちなみに弾が当たる面には、犬の肉球が描かれていた。芸が細かい。

さて祐士はどうかというと、驚いたことにきゃっきゃと喜んだ。本当に、でんでん太鼓が楽しいらしい。

「さて、どうぞごゆっくり遊んでください。お子さんのお世話は引き継ぎますので。べろべろばあ」

犬は、目をくわっと見開き口をぐわっと開き舌をだらんと垂らした。その変顔はちょっと過激すぎではないかと思うのだが、祐士はやっぱりきゃっきゃと喜ぶ。

何にせよ、自信満々なだけあって中々達者な子守りっぷりだと言える。これなら、少しの間任せてもいいいかもしれない。

美栄はそこまで考えてから驚いた。喋る犬に我が子の相手を任せるなど、あり得ない発想だ。ただ舐めさせるだけよりも、遥かにぶっ飛んでいる。だというのに、違和感もない。

ベビーシッターを任せられると、心から思っている。

祐士の笑顔のせいかもしれない。あるいは、こたつの暖かさのせいかもしれない。優しさと温もりとが入り交じったこたつが、美栄の警戒心をそっと解いてくれるのかもしれない。

「遊べって、言われてもなあ」

しかし、いきなり遊ぼうと思っても中々思いつかない。何となくスマホを眺めると、何やらプッシュ通知が来ていた。

通知は、「夢花水滸伝」というソーシャルゲームのアプリからのものだ。いわゆる一つの、イケメンがいっぱいでてくるタイプのゲームである。

プレイするきっかけは、インターネットのバナー広告だった。この手のゲーム——刀がイケメンになったりアイドルがいっぱい出てきたり英雄を呼び出したり——が流行っていた頃には、見向きもしなかった。しかし、ある日ふと見かけ、ものは試しと始めたらすっかりはまってしまったのだ。

ゲームとしては、割とシンプルである。水滸伝——合計百八人の好漢（うち三人は女性。好漢に性別の違いはないのだ。原作でも同様である）が登場し山賊として活躍する物語の世界に、ゲームの主人公＝プレイヤーが転生し、好漢と仲良くなったり、攻めてくる官軍を撃退したりするのだ。

ちなみに誰に聞かれたわけでもないが説明をしておくと、美栄の推しは青眼虎の異名を持つ李雲という好漢だ。その名の通り碧眼のイケメンデザインで、また武芸にも秀でているのだが、ポイントは他にある。好漢たちの中で彼だけは下戸であり、宴の時は盃にジュース的なものをついで酌み交わすのである。何これめっちゃ可愛い、となってしまうに決まっているだろう。異論は認めない。

最近長らくプレイしていないし、ちょっとやってみようかな。そんな気になった。進行に必要なアイテムに課金し、プレイを再開する。

プレイヤーのミエタロウが、最推しの好漢である李雲と協力して官軍を撃破する。ミエタロウは女性の好漢である扈三娘とも仲良くなり（とても格好いいのだ）、義姉妹の契りを結んだりもしているので、そちらのエピソードも進めていく。

すっかり熱中してしまう。そもそも、飽きてやめたわけではない。全盛期には原作や関連小説を読破するのは勿論のこと、舞台となっている時代についても勉強した。学術論文などにまで目を通し、にわか歴女と化すくらい水滸伝沼にハマっていたのだ。

夫と付き合うようになってから、ちょっと背徳的な気がしてプレイしなくなり、結婚し子供が生まれてすっかり離れてしまった。男女問わず、家庭を持ったり子供ができたりすると趣味から離れがちになるのを見てきたが、自分もそのご多分に漏れることはなかった。

時間も忘れてプレイし、はっと我に返る。一瞬、完全に祐士のことを考えていなかった。

普段なら絶対ないのだが、なぜだろう。

「こたつのせいですよ」

犬が、そんなことを言って笑う。

「こたつが暖かいと、ついついのんべんだらりとしてしまうものです」

犬は、ソファにもたれるようにして座りながら、祐士を抱っこしていた。

「あ、ちょっと。それじゃテレビ見えないでしょ」

ソファはテレビに向かって置かれている。犬の姿勢だと、祐士はテレビに背中を向ける形になってしまう。

「大丈夫、大丈夫ですよ。ほらこの通り」

犬が言った。確かに、祐士は泣き出したりしない。安心しきっているように見える。

「――うん」

なんだか、複雑だった。

「さあさあ、のんびりしてください」

犬が促してくる。しかし、急に言われても中々上手くできない。ゲームは、何となくやりづらくなった。かといって他にやることも思いつかず、ニュースやSNSのチェックなど、今しなくてもということに時間を使ってしまう。ずっとツメツメで動いてきたから、時間の使い方がなまってしまっているようだ。

美栄はうつら、うつらとし始める。祐士が生まれてからというもの、熟睡というのをしたことがない気がする。夜泣きは勿論だし、何もなくてもふと目が覚めてしまい、祐士の様子を確認するということもしばしばだ――

――ぼう、と目覚める。いつの間にか、こたつの板に突っ伏して寝てしまっていたようだ。辺りはすっかり暗くなっている。

スマートフォンで、時間を確認する。もうそろそろミルクの時間だ。よっこらせと起き上がろうとして、

「あ、大丈夫ですよ」

キッチンから、そんな声がした。見ると、犬が祐士を抱っこしながらミルクをやっていた。祐士は、大人しく飲んでいる様子である。

「はーい、ここまでにしましょうか。満腹みたいですね」

犬が、優しい声で語りかける。口元を、拭いてやる。まるで、本当の母親のように。

「あ、あの」

気がつくと、美栄はこたつから飛び出していた。

「もう、大丈夫だから」

そして、犬に駆け寄る。

「なるほど、そうですか」

答えると、犬は祐士を差し出してきた。

ほとんどひったくるようにして受け取る。両腕に、祐士の体重が乗っかる。その重みに、ひどく安心する。覗き込むと、祐士はきょとんとした様子でこちらを見返してきた。少なくとも誰だお前みたいな感じではないようで、安心した。ちゃんと、母親のことは覚えてくれているらしい。

「まあ、確かにそろそろ頃合いかもしれません。こたつで長いこと寝ていると、かえって風邪を引いてしまいますし」

顔を上げると、犬は優しく微笑んでいた。

「子供はいつか大人になります。あなた自身もそうであったように」

そして、美栄に語りかける。

「たとえ一緒にいたくても、離れなくてはいけない時がいつかは来る。そのことだけは、よく覚えていてください」

言葉が終わると同時に、犬の姿はかき消えた。

「あれ、えっ？」

周囲を見回す。犬の姿は影も形もない。こたつもなくなっている。最初から、存在していなかったかのように。

「祐士、いたよね？　犬みたいなのが」

祐士に訊ねてみるが、無論返事はない。むしろ、逆に眉間に皺が寄った。赤ん坊の機嫌は目まぐるしい。また泣き出してしまうかもしれない。

「おっと、おっと」

美栄は慌てふためいた。テレビは消えていて、ポケモンに頼ることはできない。

「えーと――」

犬がやっていたべろべろばあを思い出す。目を剝いて、口を開いて、舌をべろりと――

「――いや、やっぱりやめだ」

あれを再現するのは、若干気が進まない。犬のテクニックに学ぶとしても、もう少し他にやり方があるはずだ。

少し考えてから、美栄はソファまで移動した。立って抱っこするのではなく、ソファにもたれつつ上半身全体で支えるようにして抱く。自分一人の力だけで抱くのではなく、支えを使う。

祐士は、ポケモンなしでも泣き出したりはしなかった。安定していることで、ほっとしたのかもしれない。

祐士の体温を感じる。呼吸が聞こえる。鼓動が響いてくる。確かな命の存在が、伝わってくる。

そのリズムは、随分と速かった。乳児は呼吸も脈も速い。まるで、少しでも早く大きくなろうとするかのように。

なぜか、落ち着く。お腹の中に祐士がいた時のことを思い出す。自分と子供が、繋がっているという実感。こちらが育てている一方で、育つ活力を分けてもらっているような、あの感覚。

美栄はうつらうつらとし始めた。祐士を寝かしつけようとしているのに、こちらが寝かされてしまいそうだ。胸に、何か温かいものが湧き起こってくる。多分、これはきっと
――

「ただいま」

帰って来るなり、目に入ったのは一緒になって眠る妻と息子の姿だった。妻は息子をソファにもたれるようにして抱きかかえ、そのまま寝てしまっている。息子も全身を預けるようにして眠っている。

とても、のどかな眺めだった。なんだか、「となりのトトロ」のワンシーンに近いものがある。メイが、トトロのお腹の上で眠ってしまうあの場面だ。妻が聞くとショックを受けかねないたとえだが。

思わず、微笑んでしまった。疲れが吹き飛ぶ。今日一日の大変さが、すべて一気に報われる。

――子供がいなければいけない、とは考えなかった。あくまで、彼女がそう願ったから、それを支えようと思っただけだ。彼女の願いは、自分の願いだから。

そして、彼女も自分の願いを彼女の願いとしてくれている。今日も、叶(かな)えてくれている。温かな家庭。帰るべき場所。欲しいと願ったそれが、ここにある。

そっと毛布を掛けるべきか、と考えて、いやいやこの姿勢でずっといたら妻は疲れてしまうだろうと考え直す。赤ん坊を抱っこしているのだから、完全に寝ているわけではないはずだ。

「――よ、っと」

祐士を抱き上げると、妻の側に座る。妻がしていたのと同じ姿勢で、ソファにもたれる。胸に、何か温かいものが湧き起こってくる。多分、これはきっと——幸せという名前の、感情なのだろう。

「——ん」

妻が目を開けた。仕事の時とは違う、無防備で穏やかな表情。

彼女のこの表情を初めて見た時には、感動したものだ。いつも凛(りん)としていて、颯爽(さっそう)としていて、格好いい。そんな彼女の、きっと誰も知らない一面を見ることができた。心を許して、見せてもらえた。それが、嬉(うれ)しくて仕方なかったのだ。

「あれ、寝ちゃってた？」

寝ぼけた声で、妻がそんなことを言った。愛らしさに抱きしめたくなるが、腕の中には祐士がいる。放り投げるわけにもいかないので、ぐっと我慢する。

「うわ、祐士のよだれが」

自分の肩の辺りを見やりながら、妻が顔をしかめた。これも可愛(かわい)らしい。抱きしめたいが、腕の中には祐士がいる。引き取るのは早まったか。

「拭いておいで。なんならお風呂入ってきてもいいよ。祐士は俺が見てるから」

言ってから、しまったと後悔する。妻は子育てに対し、過剰に責任感が強い。仕事から帰ってきたばかりの自分がこういうことを言うと、必死で頑張ろうとしてしまうのだ。

「あ——」

しかし、今日は違っていた。妻は何か言いかけてから言葉を飲み込み、

「うん、お願い」

微笑みかけてきたのだ。

「あ、うん」

笑顔を返しつつ、内心戸惑う。いつもと全然違う。何か心境の変化があったのだろうか。

「ごめんなさい。ご飯、用意できてないの。寝ちゃってて」

妻が申し訳なさそうに言った。

「いいよいいよ。冷凍庫に冷食あるだろ。今日はそれで」

「うん。じゃ、お風呂入ってくるね」

妻は頷(うなず)くと、こちらの額にキスをして風呂場へと向かった。

えへへとしばし照れてから、ふむむと考え込む。まったく、劇的なほどの変化である。

考えても、答えは分からない。そこで、事情を知っていそうな人物に訊ねてみることにした。

「なあ祐士、なにがあったんだ？」

祐士は分かっているのか分かっていないのか分からないような表情でこちらを見返すと、手足をじたばたさせたのだった。

第五話　おじいさんと犬とこたつ

その古びた一軒家が、おじいさんのお城だった。

順風満帆とは程遠い人生。上手くいきそうになる度に邪魔が入り、前進するチャンスが来る度に足を引っ張られる——そんな日々をどうにかこうにか渡りきり、ようやく手にした終の棲家だった。

木造の二階建て。一人で住むには広く、部屋も多いが、ずっとせせこましい暮らしをしてきた彼にとってこれが理想だった。

隣の部屋の住人や下の階に気を遣ったりする必要もない。逆に、聞きたくもない歌や喧嘩の声が聞こえてきて閉口することもない。ものが増えても、しまう場所は沢山あって散らかる心配も要らない。これはこれで、結構な贅沢だった。

何か書いたり、何か読んだり。何か観たり、何か聴いたり。時には誰かに手紙を出し、返事を心待ちにしたり。おじいさんは、贅沢を日々満喫していた。残りの人生は、面白おかしく自由に生きてやる。そう思っていた。

そんな暮らしに変化が生まれたのは、ある冬の日のことだった。小雨が降る、とても寒い日だった。

「しまった、今日は日曜日だった」

郵便受けの前で、おじいさんは舌打ちをした。寒さを我慢して夕刊を取りに来たのだが、今日は夕刊の来ない日だったのだ。自由な暮らしは、曜日感覚からも自由で、この手の失敗はしばしばあった。ゴミ出しの日や、観ているテレビ番組の日を間違えては、おじいさんは舌打ちをしていた。

もう一度舌打ちをし、家に戻ろうとしたところで、おじいさんの足に何かがぶつかってきた。

「――なんだ？」

それは、一匹の柴犬だった。痩せ細り、寒さに震えている。首輪をしていない、いかにも野良犬といった佇まいをしている。

「しっ、しっ」

おじいさんは、別に犬が好きというわけでもなかった。なので、犬を追い払おうとした。

手を振ったり、足を踏み鳴らしたりしてみた。

しかし、犬は逃げていかなかった。ただただ、すがるような目でおじいさんを見上げた。

おじいさんは、仕方なしに犬を家に上げた。バスタオルで濡れた毛を拭いてやり、出したばかりのこたつに入れてやった。

「寒かったろう。こたつで丸くなるといい」

丸くなれと言われた割に、犬は頭からこたつに入りお尻を出す形で寝た。後ろ足はまるでカエルのように開いていて、何ともユーモラスだった。一方で明らかに痩せ細ってもいて、おじいさんは何か食べさせてやらねばとも感じた。

しかし、何を食べさせよう。イメージとは異なり牛乳は与えるべきではないらしい、ということをおじいさんは知っていたが、では何をやればいいのかというと皆目見当がつかない。

おじいさんは台所に行くと、冷蔵庫を開けてみた。作り置きのカレー――は駄目だろう。卵――は腹持ちがよくなさそうだ。そろそろ白米を炊くが、犬は米を食べるという印象もない。

野菜室を開けてみると、キャベツが半玉あった。これなら大丈夫だろうか、とおじいさんは考えた。野菜は健康にいいし、生なら添加物もないし。

　相当に大まかな観点から大丈夫と結論づけると、おじいさんはキャベツを適当に千切りにし、適当な皿に載せてこたつのある部屋に戻った。

「よっこらせ、どっこいせ」

　おじいさんは犬のそばにしゃがみ込むと、お尻のそばに野菜を置いてみた。しかし、犬はよほどこたつが気に入ったのか出てくる様子を見せなかった。

「おい、飯だぞ」

　おじいさんは、若干おっかなびっくりな手つきで犬の尻をぺしぺしと叩いた。犬は尻尾を少し動かすだけで、出てこようともしなかった。

「無精な返事をしてからに」

　おじいさんはムッとし、犬の足の片方を摑んで引っ張った。ひゃんと情けない声を上げて、犬はこたつから引きずり出された。

「ほれ、食うもんだぞ。腹、減ってるんじゃないのか」

　おどおどした顔の犬に、おじいさんはキャベツを載せた皿を差し出してやった。

　犬はどうするかと思いきや、とんでもない勢いでむしゃむしゃと食べた。やはり、ひどく空腹だったのだ。

その一生懸命な姿に、おじいさんは不思議な気持ちをおぼえた。ふんわりとした、ほんわかとした、優しい気持ちだった。おじいさんの暮らしに、家族が増えた瞬間だった。

次の日、おじいさんは本屋に行って犬の飼い方についての本を買い、ペットショップでドッグフードと犬用の皿など色々買ってきた。本によるとキャベツは犬にあげてよかったらしく、おじいさんはほっとした。食べさせてはいけないのは玉ねぎなどと書かれていて、カレーを食べさせていたら大変なことになっていたとひやひやもした。

おじいさんは、ドッグフードを新しい皿に盛り、犬に出してあげた。犬はまっしぐらに飛びつき、むしゃむしゃと平らげた。おじいさんはにこにこと微笑(ほほえ)んだ。

「しかし、お前くさいな」

ふと、おじいさんは眉をひそめた。当たり前と言えば当たり前なのだが、犬はいかにも獣といった感じの臭いをぷんぷんさせていた。

「ちょっとこい」

食事を終えて満足げに横たわる犬に、おじいさんは声をかけた。犬はおじいさんの言葉が分かるのか、大人しくついてきた。

おじいさんは犬を連れて、お風呂場へと向かった。その手には、犬用のシャンプーがあった。これも、ペットショップで買ってきたものだ。

靴下を脱衣所に脱ぎ、風呂場の戸を閉めると、ズボンの裾と服の袖をまくり上げる。犬は何事かと興味深そうに眺めていたが、おじいさんがシャワーからお湯を出し、犬に向けた途端悲鳴のような鳴き声を上げた。

「こらっ」

きゃんきゃん鳴いて逃げ回る犬と、シャワーを向けたおじいさんは、狭いお風呂場の中で追いかけ合いを繰り広げた。最終的におじいさんが勝利し、犬はしっかり洗われてしまった。

ノミよけの薬までかけられて、お風呂場から出るとドライヤーで乾かされた。犬の毛並みはふわふわのもふもふになり、犬は不機嫌になったのか、こたつに入らず部屋の隅で横になった。

「なんだ、男前じゃないか」

おじいさんがそう言って笑うと、犬はふてくされたように尻尾を何度かぱたぱたさせたのだった。

その日の夜おじいさんは、自分の布団の横に、犬用のベッドを作ってやった。

「こたつで寝ると風邪を引くからな。電気代もかかる」

使っていないかごや座布団などを組み合わせて作った見栄えの悪いものだが、犬は匂いを嗅いでから納得したようにそこに収まった。

そして、おじいさんと犬は並んで一緒に眠った。おじいさんも、犬も、とてもぐっすり眠ることができた。


おじいさんにははっきりと分からなかったが、犬はそこそこ年がいっているようだった。動きはそこまで俊敏でもないし、雰囲気ものんびりしていた。頭は良く、トイレの場所もすぐ覚えたし、無駄吠えの類もなかった。おじいさんが何か話しかけたら、真面目な顔で聞き入った。

犬はこたつが大好きで、いつもこたつに入っていた。まずは頭から入るのだが、のぼせてきたら向きを変えた。しかしやっぱり頭から入りたいらしく、出たり入ったりをずっと繰り返した。

「難儀だな。人間のように入れたら楽でいいだろうに」

おじいさんは、そんな犬の姿を見て笑ったのだった。

犬が来てからも変わらず、おじいさんは何か読んだり、書いたり、観たり、聴いたりしていた。大体において犬は特に反応をしなかったが、おじいさんがテレビを観るときだけは違っていた。

犬はテレビになると、俄然興味を示すかのようにおじいさんには見えた。他愛ないクイズ番組を、小さな女の子が主人公のＮＨＫドラマの再放送を、ヘッドホンを付けてやり取りする昔の兵隊の映画を、犬は食い入るように眺めていた。

「そんなにも好きなのか」

おじいさんは、レンタルビデオ店に行って色々と借りてきた。そして流してみると、やはりじっと観ていた。一番興味を示すのは、映画だった。邦画でも洋画でも、特に古い映画になるとより真剣に観ている様子だった。

「要するに、年寄りなんだな」

納得し、おじいさんは再び本を開こうとし、ふと呟く。

「日本人でも外国人でも、昔の男の役者は声の低い人間が多かったんだなあ。吹き替えの声優にしてもそうだ。こうして切り替えてみると、すごくそんな気がする。今と昔のどちらがいいというものでもないが、わしはできれば渋く張りのある声になりたかったものだ」

犬は何か返事をすることはなかった。ただ、テレビ画面を眺めながら尻尾をぱたぱたさせた。

おじいさんには、妹がいた。妹は結婚し、子供を産み、孫もいた。妹は時折電話をかけてきて、おじいさんと色々話してくれた。

「迷ってきたまんまの犬で、ずっと居るんだよ」

おじいさんは、犬のことを話した。

『あらまあ。兄さんが犬を飼うなんて』

妹は、びっくりした様子だった。おじいさんが別に犬好きでもないことを知っているだけに、まさかそんなことがあるとは思わなかったらしかった。

「折角一軒家だしな。一緒にこたつに入る相手に丁度いい」

なぜか照れくさくなったおじいさんは、誤魔化すようにそんなことを言った。

『散歩にも行くようになって、いいんじゃないかしら。兄さん、健康には運動が大事ですからね』

優しい妹は、こうしておじいさんのことを心配してくれた。

「なあに、自分の体のことは自分が一番よく分かっているよ。――さて、それじゃあ晩飯を作るよ。またな」

おじいさんは聞き流すと電話を切り、台所へ向かった。犬が、その後をとことことついてきた。

おじいさんは、ほとんど毎食のように料理をしていた。若く貧乏だった頃（今でも裕福とはとても言えないが）、節約のためにいつも自炊をしていて、すっかり習慣になってしまったのだ。

犬はおじいさんが料理を始めると、後ろ足で立ち上がり流しに前足をかけ、おじいさんの料理をじっと見ていた。食べ物に手を出すことはなく、ただただ興味深そうにその手順を見ていた。

「年を取るとメシを作るのも大変だ。手伝ってもらえればなあ」

おじいさんが、ぼやくようにそんなことを言った。みじん切りに飽き飽きしてしまったのだ。

すると、犬は申し訳なさそうにしゅんと項垂れた。その様子がおかしくて、おじいさんはふふふと笑った。

人の食べ物には手を出さない犬だったが、例外もあった。

「ほれ」

鍋料理の時、おじいさんはよく煮えたものを選んで、犬の皿に載せてやった。ただ具を煮ただけで調味料がかかっていたりはしないから、大丈夫だと考えたのだ。ねぎは犬には危険なので、おじいさんは元々ねぎも入れる派だったけれど入れなくなった。

白菜に、豚肉に。犬は、おかずを毎回喜んで食べた。贅沢になってドッグフードを食べなくなる——なんていうこともなく、犬はご馳走をご馳走として満喫している様子だった。

「おう、うまいか」

むしゃむしゃ食べる犬を見ては、おじいさんは目を細めた。ひとりの時はあまり鍋をしなかったおじいさんだったが、犬が来てからは週に一度くらい鍋をするようになった。

妹に言われたからでもないけれど、おじいさんは犬と散歩に行くようになった。一日二回、朝と夕方。家を出て、少し離れたところにある神社まで行って帰ってくるというコースだった。

「いぬ！　いぬ！」

神社で、犬には友達ができた。お母さんと散歩に来ていた小さな女の子と、仲良くなったのだ。

神社で、おじいさんはリードを離して遊ばせた。犬は女の子を転ばせたりしないよう気をつけつつも、走ったり追いかけっこしたりと楽しんでいる様子だった。

「子供の面倒を見るのが上手じゃないか」

おじいさんがそう言うと、犬は得意げに尻尾を振った。

女の子がいるのは午前中で、夕方は誰もいなかった。時に日が暮れてしまうことがあったが、そんな時犬は決まって参道で立ち止まった。

暗くなった境内を、並ぶ石灯籠が照らし出す。とても幻想的な光景だった。それを、犬はいつも飽きずに眺めていた。

散歩にも行くし、子供と仲良く遊ぶし、人の食べ物に手は出さない賢い犬だったが、お風呂だけはいつも嫌がっていた。おじいさんがお風呂の準備を始めたことを察するや否や、こたつの中に飛び込んでしまうのだった。

「こら。こたつは嫌なことからの逃げ場ではないのだぞ」

その度に、おじいさんは引っ張りだし、風呂へと連行した。

そのうちに春が来た。

「よっこらせ、どっこいせ」

おじいさんがこたつ布団をしまってちゃぶ台にしてしまうと、犬はとても不満そうにした。仕方なしにちゃぶ台の下に潜り込んでは、尻尾を強めにぱたんぱたんさせるのだった。

春になっても、おじいさんと犬は一日二回散歩に出かけた。ある時、犬が何か興味を惹かれるものでもあったのか、ふと違う道へと進み始めた。

「おい、おい」

普段引っ張ったりすることがないのに、とおじいさんは戸惑いつつも、犬に合わせて歩くことにした。

その道は、アップダウンが結構激しいルートだった。おじいさんははあはあ言いながらも、どうにか神社に辿り着いた。

「ふう、ふう」

汗をかき、息を切らしていたおじいさんだったが、とてもいい気分だった。やがて落ち着くと、おじいさんは感慨深く呟いた。

「ただの散歩が、こんなに楽しいなんて。同じことの繰り返しは、退屈になりがちだ。しかし、それをただ嫌がるのではなく、立ち向かうのが大事なんだな」

同じところへ行くために、いつもと違う道を通ってみる。ただそれだけのことが、おじいさんに新しい何かをもたらしたのだ。

「自分にとっての新しさ。発見。挑戦。そういうものを産み出していけるように取り組むべきなんだな。もっと早く気づいていれば、なあ」

おじいさんは、大切なことに気づかせてくれた犬の脇にしゃがみ、ありがとうとお礼を言った。犬は、嬉しそうに尻尾を振った。

やがて夏が来た。暑くなると、犬は扇風機とエアコンの風の両方が当たる場所で寝っ転がった。おじいさんは、自分もごろごろしがちなのを棚に上げて「怠惰だなあ」と笑った。

一度、おじいさんはとても気分が悪くなった。汗をかきすぎて、脱水になったのだ。お医者さんが嫌いだったおじいさんは、頭が痛くても熱が出てもじっと我慢した。救急車も呼ばず、ただ麦茶ばかり飲んで横になっていた。

犬は、ずっとおじいさんの側に寄り添った。元気づけようとするかのように、何度もおじいさんの顔を舐めた。

「お前がいてくれれば、大丈夫だからな」

おじいさんはそう言って、犬の頭を撫でた。犬は、ぐいぐいと自分の鼻を押しつけた。

犬の看病の甲斐あってか、おじいさんはどうにか元気になった。犬はとても喜び、その姿を見ながらおじいさんも嬉しさを感じた。誰かと一緒にいる幸せを、ゆっくりと噛みしめた。

おじいさんは体力の衰えを自覚し、散歩の途中で長い階段のある道を通ることにした。衰えたなら、少しでも鍛えねばならない。

水筒に麦茶を入れて、準備は万端。犬のリードを引いて、おじいさんは階段に挑んだ。

階段は長い上に急で、おじいさんは最初の内は休み休みでないと登れなかった。子供が平気な様子で駆け上がっていって、とても情けない思いもした。

犬はそんなおじいさんを見上げながら、並んで歩いた。時には少しだけ前を行ったりもした。励まされているような気持ちになって、おじいさんは頑張った。

たとえ老いていたとしても、人の体は使えば使っただけ動くようになる。少しずつ、おじいさんは階段を登れるようになり、遂には一度も休まずに登り切ることができた。

登り切ったところで、犬が飛びついてきた。後ろ足だけで立ち、両の前足をおじいさんの足に押しつけてくる。千切れるほど、尻尾を振ってくれている。

「おお、おお」

おじいさんは、息を切らしながらも笑った。

「応援してくれる誰かの存在というものは、とても支えになるのだな」

そして、少しだけ残念そうに呟くのだった。

「もっと早く気づいていれば、なあ」

おじいさんの習慣は、何かを書くこと、読むこと、観ること、聴くこと、犬と散歩に行くこと、そして——時々、誰かに手紙を出すことだった。

手紙を書く時、いつもおじいさんは神経質になっていた。文章が変だとか、字が歪んだといっては何度も何度も書き直すのだった。犬は、その様子をじっと見守っていた。

手紙を出すや否や、おじいさんは一日に何度もポストを確認しにいった。犬もそれについていった。そしてお返事がまだなことにがっかりしては、家に戻った。犬もそれについていった。

遂にお返事の手紙が来ると、おじいさんはぱああと喜び、一緒になって犬も嬉しそうに尻尾を振るのだった。

手紙はいつもおじいさんから出し、それに返事がくるという形だった。内容はというと、同じ世代の人間が交わす、何ということのない世間話ばかりだった。それでもおじいさんは、その手紙の一通一通を宝石のように大切にし、整理棚の上から二番目の引き出しにそっとしまい込むのだった。

夏が終わり、秋が来た。

近所の人がひとり亡くなった。おじいさんは普段着ることのない背広を着、黒いネクタイを締めて、お通夜に行った。

そんなに付き合いのある人ではなかったけれど、おじいさんはひどく落ち込んでいた。その人は、長く入院し、何度も手術し、それでもよくならず、死んでしまったのだった。そんな話を聞いて、おじいさんは自分がどうなるかということを考えずにはいられなかった。

「大切な人たちには、迷惑をかけずに死にたいものだ」

犬は、そっとおじいさんに寄り添い、その足の上に顎を乗せた。おじいさんは、犬の頭を撫でた。何度も、撫でた。

秋が過ぎて、冬が来た。その年の冬は寒さの厳しい冬で、おじいさんはいつもより早めにこたつを出した。

犬は喜び、頭から飛び込んだ。突き出すお尻とカエルのような足を見て、おじいさんは微笑(ほほえ)んだ。

おじいさんは時折、物思いにふけるようになった。そして便箋に何か書きかけてはやめてしまい、普通の手紙を出すのだった。

犬は、そんなおじいさんをじっと見ていた。おじいさんが寂しそうにすると、そっと寄り添ったりもするのだった。

ある日のこと。おじいさんは、遂に決意したように、一通の手紙をしたためた。いつもとは違い、書き直さず一度に書き上げることができた。とてもとても気持ちが籠もった、そんな手紙だった。

返事は、すぐには来なかった。おじいさんは、不安と後悔と、そして僅かながらの期待と共に過ごした。心配したのか犬が寄ってきても、上の空だった。

遂に、返事が来た。ポストから封筒を取りだしたおじいさんは、いつものように喜ばなかった。不思議そうにしている犬を連れてちゃぶ台に戻ると、ゆっくり封を開けた。

おじいさんは、便箋を取りだし、書かれた文字を読み、そして――静かに溜め息をついた。

「やはり、こうなってしまうものなのだな」

おじいさんは力なく呟くと、手紙を封筒に戻した。それから、封筒を整理棚の上から二番目の引き出しにそっとしまい込んだ。

犬は、そんなおじいさんの姿を見て、悲しそうにきゅんと鼻を鳴らした。

「いいや。ここまでだ。どんなに大切に思っていても、大事だと感じていても、相手がそれを必要としていないのなら、こうしてしまい込むしかない。しまい込んで、なかったことにするしか、ない」

おじいさんは、首を横に振った。

「この話は、ここまでなんだ」

その日から、おじいさんは手紙を出さなくなった。手紙を出さなくなったから、一日に何度もポストを見に行くこともなくなった。何かを書いたり読んだりすることも減り、ぼうっとしていることが多くなった。

「行かないと言っただろう！」

受話器に向かって、おじいさんは怒鳴った。電話の相手は妹だった。

『ただ、検査するだけですよ。血を採ったり、撮影したりするだけです』

妹は、おじいさんに病院で検査することを勧めた。しかしおじいさんはそれがどうしても嫌で、遂には怒ってしまったのだった。

「冗談じゃない！　切るぞ！」

凄い剣幕のおじいさんを、犬は心配そうに見上げていた。それに気づいたおじいさんは、咳払いを一つして平静を装った。

「医者は、金儲けのことばかり考えている。病気でもないのに病人扱いで散々あれやこれやと検査をして、遂には死ぬはずの人間を機械に繋いでまで生き延びさせようとする。そんな連中の思い通りになど、なってやるものか」

おじいさんは犬から目を逸らし、言い訳するように続けた。

「病人扱いするあいつが悪いんだ。自分の体は自分が一番よく分かる。わしはまだまだ若い。医者や薬に頼るのは、弱い人間のやることだ」

その頑固さこそが若さを失った証拠だということに、おじいさんは気づいていなかった。

「なにか見つかるのが怖くて避けてなんて、いないんだ」

おじいさんは、こたつに入った。犬は、そんなおじいさんをじっと見つめていた。

それからも、いつものような一日が続いた。

しかし、いつまでも続くことはなかった。

とても寒い、ある日。おじいさんはトイレに行き、帰ってきてこたつに入ろうとした所で、小さく呻くとその場に倒れ込んだ。そして、ぴくりとも動かなくなった。

犬は初めおじいさんの顔を舐め、それからにわかに吠え始めた。怖れるように、震えるように、青ざめたように、哀しそうに。

その声を、丁度家の前を通っていた親子が聞いた。

「どうしたんだろう、お母さん」

男の子が、そう訊ねた。

「お腹が空いているのかな？」

お母さんが首を傾げる。

「なんだか、おかしいなあ」

そう呟いたのは、近所に住む一人の男性だった。彼もまた、たまたま通りがかったのである。

男性は近所の人で、おじいさんとも知り合いで、犬のことも知っていた。こんなにワンワン鳴く犬ではないと、よく分かっていた。

「ちょっと、見てきますね」

そう言い残すと、男性はおじいさんの家の呼び鈴を鳴らしたり、扉をノックしたりした。

返事はなかった。

ノブを回してみると開いたので、入りますよと声をかけて家に上がった。そして、こたつに突っ伏して動かないおじいさんの姿を見つけたのだった。

「くも膜下出血です。現在緊急手術中です」

駆け付けた妹一家に、お医者さんはそう告げた。

それは、おじいさんのおじいさんが命を落とした病気だった。もし病院にかかって色々と相談していれば、遺伝的な理由でおじいさんも発病しやすいということが分かったはずだった。検査をすれば、おじいさんがとても危ない状況にあるということも事前に分かったはずだった。

手術はどうにか成功し、おじいさんは一命を取り留めた。しかし、代償は大きかった。おじいさんは何も話せなくなり、指一本動かせなくなってしまった。

そのままでは死んでしまうので、鼻から栄養を流し込むことになった。その度におじいさんは、苦しそうに顔を歪めた。妹たちはその様子を見る度に、胸を痛めた。こんな姿になってもおじいさんはまだ生きていて、感情があるということが伝わってきたから。

「胃瘻（いろう）という手段もあります」

お医者さんは、妹たちにそう提案した。お腹に穴を開け、直接栄養を流し込むのだ。まだおじいさんは生きている。だから、どちらかの方法を選ぶ必要があった。

機械に繋がれて生きるのが嫌だと言っていたおじいさんの意思を少しでも尊重し、今のやり方を続けるのか。それとも、鼻から注ぎ込まれる苦痛から解放してあげることを優先するのか。妹たちは、とても悩んだ。とてもとても、悩んだ。大切な人たちに迷惑をかけずに死にたいというおじいさんの願いは、叶わなかった。

結局、妹たちは答えを出せず、現状を維持することになった。おじいさんは栄養を鼻から流し込まれ、その度に顔を歪めた。

犬は、妹の家に引き取られた。賢い犬は、そこでもすぐにトイレを覚え、餌を大人しく待った。散歩でもリードを引っ張ったりせず、通りすがりの人に吠えることもなかった。

犬は大体いつもホットカーペットの上で横になり、それからブランケットの下に潜り込んだ。こたつに入っているつもりなのかな、と妹もその家族も笑っていた。

それは、寒くて小雨が降る、冬の日曜日だった。おじいさんと犬しか知らないことだが、初めて犬がおじいさんの家にやってきたのと、よく似た日だった。

「あれ？」

妹の孫が、犬がいないことに気づいた。散歩の時間なので声をかけようとしたら、どこにもいないのだ。

家の中をうろうろ捜していると、妹——彼からするとおばあさん——が電話をかけているのに出くわした。その様子は普段見たことのないようなもので、孫は犬のことも忘れてその場に立ちつくした。

やがて、電話は終わった。

「さっき、息を引き取ったって」

そう言って、おじいさんの妹は涙を流した。

おじいさんの最期は、独りぼっちだった。誰もいない病室で、静かにこの世を去ったのだ。

異変を察知した機器がぴいぴいと鳴り、お医者さんや看護師さんが駆け付けた頃には、おじいさんの心臓は二度と動かなくなっていた。

お葬式が済んで、諸々の手続きも一段落した。犬はおじいさんが死んだ日以来、姿を消してしまっていた。迷い犬の張り紙をしたりして捜したが、見つかることはなかった。

それからしばらく経ったある日のこと、妹が夫と息子を連れておじいさんの家にやってきた。家を片付け、更地にするためだ。

誰も住まない家を荒れないよう保存しておくことは、妹たちにはとても困難なことだった。そのまま朽ち果てるに任せるか、それとも更地にして手放すか。妹は散々迷い、後者を選んだ。

「あれ？」

生前おじいさんがよく過ごしていた部屋に入るなり、妹は素っ頓狂な声を上げた。

「こたつはどこに？」

こたつが、なくなっていた。夫も、息子も同様に目をぱちくりさせた。こたつのあった部屋は、がらんとしていた。

「泥棒とか？」

息子がいい、夫が苦笑した。

「まさか。こたつだけ盗んでいく泥棒なんて、いるはずないだろ。義兄さんはタンス預金はしない人だったし、口座からお金が下ろされたりもしていないし」

「そうね。不思議だわ」

妹は、家の中をあちこち捜してみた。しかし、特に変わった様子はなかった。

強いて言えば、整理棚の上から二番目の引き出しが、開けっぱなしになっているくらいだった。妹は引き出しの中を覗いてみた。そこには——何も、入っていなかった。

「——もしかしたら」

息子が、ぽつりと呟いた。

「いなくなったあいつ、おじいさんを捜しに行ったのかな。もう一度、一緒にこたつに入ろうと思って」

誰もが同じことを考えていた。そんなことはあるはずはない。ないのだけれど。どうしてか、そんな気がしてならなかったのだ。

とても哀しく寂しい、想像だった。おじいさんは、もういないのだから。会えることは、二度とないのだから。独りぼっちで、ずっと捜し続けることになるのだから。

「元気にしてると、いいな」

息子が言い、夫が頷いた。

「そうね」

妹も呟いた。

「本当に、そう」

あとがき

どうも尼野ゆたかです。この度は、「お邪魔してます、こたつ犬」をお手に取って頂きまして、まことにありがとうございます。

十年一日の如く小説を書いてきて、次の十年もそうあろうと志している自分ですが、それでも読んだもの経験したことと感じた気持ちで色々と書くことに変化が生じているなあと思いました。この本はいわば最新バージョンの尼野ゆたかとなるわけですが、初めましての方にも以前からお付き合い頂いている方にも楽しんで頂ければ大変嬉しいです。

十年一日の如く色々な人のお世話になりご迷惑をおかけしていて、次の十年はそうあってはならんなあと決意している自分ですが、お世話になりご迷惑をおかけしたのならお礼を申し上げねばなりません。というわけで謝辞を。

担当のM崎様。今回も、様々な物語を引っ張り出して頂きました。ありがとうございます。M崎さんあってのこたつ犬です。是非また一緒に本を作りましょう！

富士見L文庫編集長O様。何かとご迷惑をおかけしまして恐縮です。様々な我が儘に丁寧に対応して頂き、感謝の言葉もございません。今後ともよろしくお願いします。次のリモート会議までにいかしたバーチャル背景を用意しておきます。

素敵なイラストを描いてくださったねこまき様。部屋の空気、こたつのスイッチ、整理棚、換気扇に吸い込まれる湯気まで、生活感というより生活そのものを感じられるイラストをありがとうございます。本当に感激しました。最後まで読んで下さった方は、是非もう一度表紙に戻ってみて下さい。ねこまき様のイラストの素晴らしさをしみじみと味わえますよ。

家族のみんな。とりわけ妹のU子夫婦と甥（おい）のR弥、Y子夫婦と甥のE音、R音。みんなの幸せそうな姿に沢山のヒントをもらいました。ありがとう。特にU子夫婦には取材以外でも何かとお世話になりました。妹夫婦に世話になる兄ですまん……頑張ります……。

和泉桂（いずみかつら）様。叱咤（しった）激励をありがとうございました。わたしの功績を後世に残すべしとの仰せだったので、これこの通り大書いたします次第です。でも後世に残すにはこれだけじゃ心許（こころもと）ないんですよね……尼野ゆたかなりこたつ犬なりが後世に語り継がれる存在にならなければならない……なんと高いハードルを課せられたのか……頑張ります……。あ、トラックボールほんといい感じです。おすすめありがとうございました。

建設デベロッパー某社の経営管理本部人事部人事グループのT屋敷様。書けることから到底書けないことまで色々教えてくれてありがとう。ちなみに肩書き付きだと様付けしないと文章の据わりが悪いのでそうしているだけであり、君に対して何か畏敬の念を持ったとかいうわけではないから調子に乗らないように。

卯堂成隆（うどうしげたか）様。お住まいの福井県及び福井弁について懇切にご指導頂き、誠にありがとうございました。ご期待に応えるためにも、もりもり頑張ります。そして頃合いを見計らっていつか嶺北（れいほく）に遊びに行きます。福鉄にも乗ります。

エクスナレッジ社のスーパー営業I藤様、そして「建築知識」編集長のM輪様。ぶしつけな質問に丁寧にお答え頂き本当にありがとうございました。そして頃合いを見計らっていつかご挨拶に伺います。御社の本社ビルの地下二階にも行きます。

行政書士K山事務所のK山様。手続き能力の低い尼野ゆたかにご助力頂きまして、本当にありがとうございました。そして「十年後の僕らはまだ物語の終わりを知らない」を読んで頂き誠に恐縮です……まさか読んで頂けるとは思ってなくて！　感激でした！

電子ペーパーの伝道師・とびうさ様。突然の質問にも快くお答え頂き本当にありがとうございました。成果の程を是非ご査収下さいませ。ついでに伺ったやんちゃな話に関しましては、また改めて詳しく伺えればと思います。今度電子ペーパー買います。

書店員の皆様。いつもお世話になっております。本の発売時のみならず、色々とよくして頂き本当にありがとうございます。中々時節柄頻繁に伺うというわけにもいきませんが、近くの方にも遠方の方にも機会を作ってまたお礼に伺えればと思っております。その時には是非ともよろしくお願いします。

佐々木禎子様。色々とお世話になっております。色々ってなんやねんという感じですが、それはまたおいおいと。読者の皆様、どうぞご期待下さい（ふふふ）。

友人のみんな。色々工夫したのですが、どうしても枚数的に今回お世話になった方全員の名前と感謝の言葉を載せきることができないので、このような形でお礼をお伝えします。失礼をどうぞお許し下さい。あ、名前を載せないと根に持つので、最東対地さんは記載しときます。どうもどうも。

実家の犬・ゆず。先代の犬・ペコー。君たちのおかげで犬の小説が書けました。ありがとう。ゆずはあんまりお母さんを困らせるんじゃないぞ〜。

最後になりましたが、読者の皆様。十年一日の如くと最初に申しましたが、そうして一日一日を過ごせているのは間違いなく皆様のおかげです。励ましのお手紙を頂いたり、あるいはＴｗｉｔｔｅｒ上でお声がけ頂いたり、貴重なご感想を発表して頂いたり、あるいは勿論本をこうして手に取って読んで頂いたり。皆様がそうして下さるおかげで、尼野ゆたかは今も小説を書くことができております。これからも皆様に小説がお届けできるように、お届けした小説を楽しんで頂けるように、全力で取り組みます。どうぞ引き続き応援のほどよろしくお願いします。

それでは本当に紙幅も尽きて参りました。また次の作品で、あるいはこたつ犬と共に、再び皆様にお会いできることを願っています。願うだけじゃなくて頑張ります。では〜。

二〇二二年　八月吉日　尼野　ゆたか

お便りはこちらまで

〒一〇二―八一七七
富士見L文庫編集部　気付
尼野ゆたか（様）宛
ねこまき（ミューズワーク）（様）宛

富士見L文庫

お邪魔(じゃま)してます、こたつ犬(いぬ)

尼野(あまの)ゆたか

2022年11月15日　初版発行

発行者　山下直久
発　行　株式会社 KADOKAWA
〒102-8177　東京都千代田区富士見2-13-3
電話　0570-002-301（ナビダイヤル）

印刷所　株式会社暁印刷
製本所　本間製本株式会社
装丁者　西村弘美

定価はカバーに表示してあります。　◇◇◇

本書の無断複製（コピー、スキャン、デジタル化等）並びに無断複製物の譲渡および配信は、著作権法上での例外を除き禁じられています。また、本書を代行業者等の第三者に依頼して複製する行為は、たとえ個人や家庭内での利用であっても一切認められておりません。

●お問い合わせ
https://www.kadokawa.co.jp/（「お問い合わせ」へお進みください）
※内容によっては、お答えできない場合があります。
※サポートは日本国内のみとさせていただきます。
※ Japanese text only

ISBN 978-4-04-074680-7 C0193
©Yutaka Amano 2022　Printed in Japan

お直し処猫庵

著／尼野 ゆたか　イラスト／おぷうの兄さん（おぷうのきょうだい）

猫店長にその悩み打ちあけてみては？
案外泣ける、小さな奇跡。

OL・由奈はへこんでいた。猫のストラップが彼に幼稚だとダメ出された上、壊れてしまったのだ。そこへ目の前を二足歩行の猫がすたこら通り過ぎていく。傍らに「なんでも直します」と書いた店「猫庵」があって……

【シリーズ既刊】1～3巻

富士見L文庫

真夜中のペンギン・バー

著／横田アサヒ　イラスト／のみや

小さな奇跡とかわいいペンギンが待つバーに、いらっしゃいませ。

高校時代からの想い人と連絡が取れなくなった佐和は、とあるバーに踏み入れる。その店のマスターは言葉をしゃべるペンギン！？　驚きとキラキラ美しいカクテル、絶品おつまみに背中を押されて——。絶品の短編連作集

【シリーズ既刊】1～2巻

富士見L文庫

高遠動物病院へようこそ！

著／谷崎 泉　イラスト／ねぎしきょうこ

彼は無愛想で、社会不適合者で、愛情深い獣医さん。

日和は、2年の間だけ姉からあずかった雑種犬「安藤さん」と暮らすことになった。予防接種のために訪れた動物病院で、腕は良いものの対人関係においては社会不適合者で、無愛想な獣医・高遠と出会い…？

【シリーズ既刊】1～3巻

富士見L文庫

千駄木ねこ茶房の文豪ごはん

著／山本風碧　イラスト／花邑まい

猫に転生した文豪・漱石がカフェ指南!?
ほっこり美味しい人情物語！

社畜 OL だった亜紀は、倒れた祖母に頼まれ千駄木にある店の様子を見にいくことに。すると、店の前で行き倒れている美男子が。その上「何も食べてにゃいから、二人分作ってくれ」と口髭を蓄えた猫にお願いされ…!?

【シリーズ既刊】1～2巻

富士見L文庫

後宮茶妃伝

著／**唐澤和希**　イラスト／漣 ミサ

お茶好きな采夏が勘違いから妃候補として入内！
お茶への愛は後宮を救う？

茶道楽と呼ばれるほどお茶に目がない采夏は、献上茶の会場と勘違いしうっかり入内。宦官に扮した皇帝に出会う。お茶を美味しく飲む才能をもつ皇帝とともに、後宮を牛耳る輩に復讐すべく後宮の闇へ斬り込むことに!?

【シリーズ既刊】 1～2巻

富士見L文庫

暁花薬殿物語

著／佐々木禎子　イラスト／サカノ景子

ゴールは帝と円満離縁!?
皇后候補の成り下がり“逆”シンデレラ物語!!

薬師を志しながらなぜか入内することになってしまった暁下姫。有力貴族四家の姫君が揃い、若き帝を巡る女たちの闘いの火蓋が切られた……のだが、暁下姫が宮廷内の健康法に口出ししたことが思わぬ闇をあぶり出し？

【シリーズ既刊】1～7巻

富士見L文庫

富士見ノベル大賞
原稿募集!!

魅力的な登場人物が活躍する
エンタテインメント小説を**募集中!**
大人が**胸はずむ小説**を、
ジャンル問わずお待ちしています。

大賞 賞金 **100**万円

入選 賞金 **30**万円

佳作 賞金 **10**万円

受賞作は富士見L文庫より刊行予定です。

WEBフォームにて応募受付中

応募資格はプロ・アマ不問。
募集要項・締切など詳細は
下記特設サイトよりご確認ください。
https://lbunko.kadokawa.co.jp/award/

主催　株式会社KADOKAWA